大鱼

有爱的青春陪伴者

到你的太阳里 Sun

木甜 / 著

四川文艺出版社

图书在版编目（CIP）数据

到你的太阳里 / 木甜著. -- 成都：四川文艺出版
社，2024. 9. -- ISBN 978-7-5411-7052-2

Ⅰ. I246.5

中国国家版本馆 CIP 数据核字第 20240QB856 号

DAO NI DE TAIYANG LI

到你的太阳里

木甜 著

出 品 人	冯　静
责任编辑	李小敏
特约编辑	娄　薇
装帧设计	颜小曼　唐卉婷
封面绘制	水　间
责任校对	段　敏

出版发行　四川文艺出版社（成都市锦江区三色路 238 号）

网　　址　www.scwys.com

电　　话　0731-89743446（发行部）　028-86361781（编辑部）

排　　版　长沙大鱼文化传媒有限公司

印　　刷　长沙鸿发印务实业有限公司

成品尺寸　145mm×210mm　　开　本　32 开

印　　张　9　　　　　　　　　字　数　171 千字

版　　次　2024 年 9 月第一版　　印　次　2024 年 9 月第一次印刷

书　　号　ISBN 978-7-5411-7052-2

定　　价　42.80 元

目/录

CONTENTS

目/录
CONTENTS

第一章 / 反方向的钟

「靡不有初，鲜克有终。」——《诗经》

01

十月中旬。

新高一开学刚一个多月。

这个时间点，全国各省市都还在被今年最后一波高温天气困扰，北岱市已经一秒入冬。

地平线被厚重的黑云笼罩，阴沉密不透风。

北岱一中的校园里，树枝已然掉成光秃秃一片。

少女清脆的声音毫无阻力，穿透寒凉的空气，再晃晃悠悠地飘散开来。

"……综上所述，我和江炽，不共戴天。"

一阵风吹过，初萝往校服外套里缩了缩脖子，"嘶"了一声，恨不得整个人蜷成一团，继而才掷地有声地丢下这句话，作为总结陈词。

好冷啊，这鬼天气。

她心想。

身旁，好友安妮听完，低低笑了一声，慢吞吞地反问道："既然这么讨厌，你们怎么还能相处那么多年呢？一个小学，一个初中，现在又是一个高中……"

初萝被她问得噎了一下，瞪着眼，直直愣了好半天。

是啊，为什么呢？

自己明明最讨厌江炽，为什么，将近十年，他们俩依旧还在好好地当着"青梅竹马"呢？

安妮的声音一如既往的温和柔软："所以说，你说的那些，归根结底，只是长期相处中的小摩擦而已，不是什么原则性问题啦。"

初萝蹙眉："……才不是呢。"

那些她讨厌江炽的点，才不只是什么"小摩擦"，完全是贯穿了她十六年人生的巨大折磨，永远无法被时间抹除。

两人之间，明明隔着千山万壑，遥不可及。

单纯因为是邻居这层关系，所以才不得不被捆绑到一起。

只是物理意义上的距离近，而已。

安妮不理解，还是笑，安抚一般地拍了拍她的肩膀，干脆岔开话题，贴心地问道："很冷吗？"

初萝点头："嗯。"

今年好像特别冷，这才十月份，已经叫人有些受不了了。纵然在北方，也稍显反常。

安妮："那我们赶紧回教室吧。马上也要上课了。"

初萝："好。"

话音落下，两个女生齐齐加快脚步，一同往教学楼的方向走去。

背影看起来亲密无间，渐渐地，融成一道。

北岱一中是北岱市最好的高中。

在这座北方边陲小城，开一辆车，花上半天，就能把全市逛遍，正经高中数不出五个手指，稍显得这个"第一"没几分含金量。

但，若是在外提到一中，也能算得上尽人皆知。

原因无他，近十年里，北岱一中前前后后出了几个冬季奥运会冠军、亚军、季军，以及各种世界级比赛的冠军选手，且都来自冰雪项目。

毕竟，北岱市是真正意义上的冰雪之乡。

为了扶持北岱一中，前些年，市里拨了款，给学校翻新装修了一下，又扩大了校区，让北岱一中看起来匹配得上"奥运冠军母校"的身份。

走在冬日的一中校园里，人少地大，时常显得空旷寂寥。

从校内小卖部到教学楼，要绕过思政楼，再横跨整个操场，距离着实不算近。

等初萝和安妮走进楼里，铃声刚好打响，时间分毫不差。

两人赶紧跑到教室，从后门蹿进去，回座位坐好。

两人平复了一下呼吸，拿出课本和笔袋，开始装模作样地准备上课。

片刻，老师走上讲台："同学们，把书本拿出来，翻到第60页。我们这节课继续讲《梦游天姥吟留别》。上次我们讲到，这是一首记梦诗，是作者的一场梦……"

北岱还没有开始集中供暖，但一中怕同学们感冒，一降温，就已经打开了教室里的空调。

暖气打在脸颊，暖融融的，还无比干燥，配合着老师抑扬顿挫的声调，吹得人昏昏欲睡。

初萝趴在桌上，不受控制地慢慢合上眼。

或许是因为听着老师说话，她也做了一个梦。

但梦里光怪陆离，说不出内容，只觉得通身冷，头也疼，陷入其中，无法自拔。仿佛用尽全力，才从梦魇中挣脱。

初萝睁开眼，迷迷糊糊地抬起头，望了一眼窗外。

天色将将擦黑，尚留最后一抹余霞。

再看向黑板上的课表，以及正在写板书的任课老师——

竟然已经是下午最后一节课。

"……"

她猛地回过神来，"噌"一下坐直了身体。

她同桌就是安妮，正认真地听着课。感觉到一点细微的动静，安妮扭头看向她："醒了？你睡了四节课。昨天晚上没睡好吗？"

初萝讪讪，一时之间，也想不起来昨天晚上做了什么，顿了顿，才出声："老师居然也没喊我啊？"

安妮："没呢，教室太闷了，大家看起来都没什么精神。"说着，顺手把这几节课记好的笔记本递给她，用眼神示意了一下。

初萝连忙接过本子，嘴角弧度上扬，小声道谢："谢谢安安，你最好啦。"

安妮笑了笑："没关系。"

她扭过头，继续听课。

初萝却因为刚刚醒来，脑袋还有钝痛感，一直没法集中注意力，只能把笔架在虎口，有一搭没一搭地打转，目光漫无目的地四处游移。

渐渐地，视线重新回落到安妮的身上。

初萝一边转笔，一边用余光注视着她的侧脸。

平心而论，安妮长得非常漂亮，桃花眼，白皮肤，嘴角自然有微微向上的弧度。头发不长不短，耷拉在脖子以下一点点，梳不起马尾辫，却也不会显得气质太硬朗。

第一次见面，初萝就觉得她长得很像自己认识的人，却又说不出像谁，只觉得亲切。

因为这点熟悉感，加上两人又是同桌，关系自然而然地就亲密起来。

初萝还在怔愣时，猝不及防，一阵悠扬乐声从广播里传来。

放学时间到。

北岱一中高一的第一个学期不用上晚自习，老师一宣布下课，走廊和教室都逐渐开始喧闹吵嚷起来。

初萝是走读生，不在学校吃晚饭，收拾好东西就可以直接回家。

"咚！咚！"

"咚咚咚咚！"

一阵玻璃叩击声从教室外面传来，有点闷，但依旧吸引了附近同学的注意力。

初萝一滞，也跟着停下手上动作，条件反射般循声望去。

学校每间教室，在比邻走廊那面墙，会开一块大约一米宽、两米长的空，从天花板往下，最下面装半透明磨砂玻璃，上面则是装几扇推拉式玻璃窗。

上课的时候，各班班主任经常会站在窗外，从玻璃窗那边往教室里看。

此刻，江炽就站在窗外走廊里，屈着指，"咚咚"地敲着玻璃。

他是少年气十足的清隽长相，清风朗月，芝兰玉树，无边闪耀。五官精致，一双桃花眼深邃迷人，高挺的鼻梁，薄唇，嘴角微微上扬，像是时时刻刻都在微笑，给因为过分俊秀带来的疏离气质平添了几分柔和阳光。

走廊的白炽灯不如教室明亮。

光线错杂，明暗混沌。

越发将少年的脸衬得玉一般完美无瑕。

自从开学第一天，江炽穿着件白衬衫，在开学典礼上发言之后，不过两三天，就顺利成为北岱一中公认的校草，引得女孩子们疯狂追捧，走到哪里都会被人关注。

更别说，他还有其他荣耀光环加身。在这个年纪里，显得鹤立鸡群般突出，更容易叫人心生着迷。

和初萝对上视线，江炽唇边漾出一点点笑意，比了个手势，示意她理好东西赶紧出来。

初萝："……"

她蹙起眉，低下头，连把书往包里塞的动作，似乎都比刚刚要粗暴一点。

果然不出所料，江炽一露面，很快，前排传来女生叽叽喳喳的讨论声。

"咦，江炽今天怎么来了啊？老师不是说他去参加什么比赛了吗？"

"来了也不进教室……"

"放学了还过来干吗？他又不用补写作业。"

"啧，那就是找那个谁来的。"

"呵……"

初萝扁了一下嘴，很想吼一句"烦死了"，似乎又怎么都少了点勇气，只能作罢，当作没听到。

她"噌"地站起身，背起书包，气冲冲地往教室后门走去。

江炽也已经来到后门外，和初萝迎面相对。

他轻声开口："一起走？"

初萝不想理他，抿着唇不说话。顿了顿，她又想到什么，回过头，往自己座位的方向张望。

安妮是住校生，每天放学都是不急不缓的，有时候会先在教室里写一会儿作业，再直接去食堂吃饭。两人不顺路，自然，不能一起放学回家。

此刻，安妮没有在写作业，只坐在座位上，侧身，定定地瞧着她这边。

初萝朝安妮摆摆手。

安妮笑起来，也摆摆手，做了个"明天见"的口型。只是，一双漂亮的眼睛里，却氤氲着浓厚的、化不开的悲伤。

有点奇怪。

但下一秒，她便挪开了视线。

"……"

离开教室的空调，不过一两分钟，周身立马又开始冷了。

初萝以为是自己想太多，顾不上深思，揉了揉额头，把手缩进袖子里。

江炽低头看她："怎么了？"

初萝："……没事。"

两人一前一后走出教学楼。

江炽是骑自行车来学校的，车就锁在学校大门外、"北岱一中"标志旁的电线杆上。

初萝认得这辆自行车，看他去开锁，却没有停下要等他的意思，转过身，自顾自地往自家方向走去。

须臾，江炽踩着车，不紧不慢地跟上她的脚步。

"上车。我载你。"

初萝："不要。"

江炽并不生气。

或者说，他似乎从来不会对初萝生气。

这么多年来都是如此。

听到初萝拒绝，他点点头，长腿蹬地，用脚刹了车，再伸手一勾，轻轻松松地将初萝单肩背着的书包勾到自己手上。

一连串动作行云流畅，完全没给人反应的时间。

"那书包我给你背。"他轻挑了下眉，开口。

"……"

不知道为什么，听到这句话，霎时间，初萝心脏不受控制地微微颤了颤。

江炽和初萝两家是上下楼的邻居。

用上下楼形容并不准确，精准点讲，是叠拼别墅的上下两户。

十年前，叠拼别墅这种设计在北岱刚刚兴起，很是引发了一小阵楼盘开发狂潮。

不过，叠拼比起独栋和联排别墅，缺点十分明显，如私密性不够、面积选择范围小，等等。

在北岱这种小城市，买得起的不喜欢，不介意这些缺点的普通家庭又买不起，受众并不清晰，均价也上不去，便渐渐地消失在大众视线里。

初萝的爸爸初柘正是趁着这阵风潮褪去、房价骤降，加上当时家中变故横生，时间匆忙，资金也有限，没多做考虑，就随便选了这个小区，带着初萝搬了过来。

江炽家刚好是这栋别墅的三四层住户。

初萝家则是占据着一二层，总面积比楼上要小一些。

虽然两家入户门不同，但要共用同一扇花园入口大门。朝夕相对的漫长年月中，已经足够让人亲密无间。

本该如此的关系，莫名其妙，因为一些小女孩心思，从某一天起，变成了一路相顾无言。

初萝垂着眸，兀自闷头往前走。

江炽推着自行车，单肩背了一只脏粉色书包，慢吞吞地跟在斜后方。

幸好，两人之间，有多年养成的默契。纵使不说话，似乎也不会显得太多尴尬。

一中距离他们俩家不算远，走了大约二十分钟，已经遥遥可见小区最外面那几栋楼的轮廓。

过最后一条马路时，还遇到了住在同一排的邻居阿姨。

阿姨一眼看到了江炽，立马咧起嘴笑，朝他打招呼："江炽回家了啊！"

江炽"嗯"了一声，又客客气气地喊了句"阿姨好"。

他算是附近这一片的"大明星"，长得好又聪明，家境好，性格好，简直是长辈眼中的完美孩子，没有人会不喜欢他。

阿姨笑得合不拢嘴，跟在江炽旁边，絮絮叨叨地问："训练得怎么样啦？阿姨前些日子碰到你妈妈了，她说你暑假去哪里参加了一个什么比赛，又拿了好名次啊？这样下去，是不是能进国家队、能上奥运会了啊？……"

一连串问题接踵而至，足够叫人应接不暇。

而且每次都换汤不换药，听得初萝忍不住就想撇嘴。

身旁，江炽笑了笑，并没有搭话。

很显然，阿姨并不介意，自己一个人也能继续发挥下去："……哎呀，我家小孩要是有你这么厉害就好啦。真是的，羡慕不来。"

顿了顿，她又试探性地问："江炽周末有时间吗？能不能也教教我家小儿子滑雪啊？他最近看了广告，吵着想去玩呢。"

江炽语调很平缓，开口作答："阿姨，滑雪有危险系数，是一定需要教练指导的。如果您家孩子有兴趣的话，可以先去少儿滑雪场找个专业的教练，让他接触看看。"

他的声音非常好听，朗朗绰绰，像是某种弦乐器的声音，还能显得很有说服力。

是什么呢？

初萝在心里想了一会儿，觉得自己没学过弦乐，实在描述不出来，只能寡淡地以"好听"概括。

两三句话的工夫，三人已经走进小区。

这个小区并不能算别墅区，也有两排多层住宅楼，和小别墅分开在小区两边，各自矗立，互不打扰。

这阿姨和他们不是一个方向，分岔路口，脚步迟疑，但还是只能依依不舍地和江炽作别。

"江炽啊，比赛也要注意安全啊。有时间的话到阿姨家里来玩啊。"

江炽："好。"

得到这个字，阿姨心满意足，拍了拍他的肩膀。这会儿，她的目光才终于落到旁边的初萝身上，像是刚刚才看到初萝一样，瞪了瞪眼睛，嘴唇微微翕动，脸上露出一丝微妙神色。

她讪笑：“原来萝萝也在啊。”

“……”初萝无语凝噎。

她知道江炽个子高，初三毕业体检时就一米八四了，还不确定这几个月有没有再长。但哪怕他两米高，也不至于和一堵墙有相同作用，能把她人完完整整挡住。

她也有一米六一呢，又不是拇指姑娘。初萝心想。

不过，在长辈面前，稍微还是要有点礼貌。她没把情绪表现出来，抿了抿唇，轻声开口：“阿姨您好。”

“好好好……啊呀，时间不早了，你们快点回家休息吧。”说完，那阿姨头也不回地转身离开，背影甚至还能看出几分慌乱，像是在躲避什么瘟疫似的。

初萝盯着看了会儿，习以为常，只低低嗤笑了一声。

下一秒，江炽倏地伸出手，摸了摸她脑袋。

掌心温度落在她头顶，动作轻柔，似是安抚。

他说：“回家吧。”

初萝知道，他是在安慰她。

这是他近十年里经常做的一件事。

她心领了这份好意，没有甩开他，垂着眼，点点头：“嗯。”

片刻后，天色终于彻底黑下来。

北岱市的夜空总是澄澈干净，哪怕白天阴沉，晚上竟然也能看到星星。

两人并肩穿过入户花园。

初萝家门在右边。

江炽要从另一边上楼。

在岔路口分道扬镳，似乎是某种命中注定的预兆。

江炽停下脚步，看了看一楼的窗户，问初萝："叔叔没在家？"

初萝："唔。"

应过声，她才伸出手，想要从江炽那边拿过自己的书包，赶紧进去。

江炽没立马把书包给她，继续问："晚饭吃什么？"

初萝："……随便吃。"

江炽笑了，下巴微微一抬："走吧，一起上楼。"

这也不是什么新鲜提议。

一年到头，初柘不在家的时候居多。看小初萝总是一个人可怜兮兮的，江炽爸妈就会叫她上去一起吃饭。

初柘觉得不好意思，逢年过节总是上门道谢，再给江炽塞上几个大红包，算作感谢。

对年幼的小初萝来说，那时候，江炽家就像她自己家一样。

不过，等年岁渐长，等她自己掌握了做一些简单的食物技能后，上楼蹭饭的次数便开始直线下降。

她摇摇头，拒绝："不用了。"

江炽挑眉："真不去？我妈今天做了好多菜。"

他刚在国外比赛里拿了好名次，还被媒体形容为雪道上炽手可热的新星、单板滑雪界的天才少年，之后进国家队大概也只是时间问题。

回到北岱，家里肯定要庆祝庆祝。

今天路过学校，江炽想着时间差不多快要放学，刚好把初萝一起接回家，一起热闹一下。

初萝生得好看，一双大眼睛葡萄似的，秋水盈盈。再加上尖下巴，长头发，唇红齿白，整个人还瘦伶伶的。组合起来，像是橱柜里的洋娃娃，明眸皓齿，单纯无害又惹人怜爱。

江炽是独生子，但他爸妈都想要个女儿。

想象里，小女儿就是像初萝这样。

所以，他们一直非常喜欢初萝，恨不得让她直接搬到自己家来，给江炽当亲妹妹才好。

只不过，初萝拒绝得坚定，丝毫没有被动摇。

"不去了，今天作业很多。"顿了顿，她将包带从江炽手上扯走，抿唇，"……反正，恭喜你。"

江炽迟疑了一下，不打算为难她，只微微颔首："谢谢。那明天见。"

他转过身，往楼梯方向走去。

初萝却又倏地喊了他一声："江炽！"

江炽回头："嗯？怎么了？"

初萝捏着拳头，深吸了一口气，小声开口："……你别可怜我。"

江炽："为什么可怜你？"

话音一落下，初萝蓦地仰起头，试图在江炽脸上捕捉一丝细微表情，试图用细枝末节来读懂他所有行为的意图。

但很可惜，并没有成功。

江炽总是那个样子。

完美无缺到让人窥不出丝毫端倪。

好像所有想象、所有不甘、所有恼恨，都只是她一个人在演独角戏，一个人在脑补。

——真气人。

——所以她才讨厌江炽啊。

初萝鼓了鼓脸，暗自咬牙，也没再继续追根溯源。

话题就此终结。

江炽正过身，继续往前，只留给她一个清瘦修长的背影。

别墅外墙屋檐下有一圈声控灯。

江炽步伐所到之处，光线依次亮起，在地上画下一道道的影子。

更远处，月光微凉，整片云杉树在夜色中屹立，魑魅魍魉似的张牙舞爪着，成为他前进路上的背景板，仿佛再不能看得真切。

这一幕，像是褪色的老旧默片，印刻在视网膜表层，带人穿梭回某个或是很多个过去的瞬间，成为剧情里、冗长情节的一部分，熟悉又陌生，触手可得却遥不可及。

刹那间，初萝觉得身上更冷了，冷得人浑身直发抖，眼眶却开始不由自主地发烫。

她站在原地，许久都没有挪动脚步。

直到江炽妈妈林英的声音从上方传来，打破了这种孤立和僵硬。

林英的声音虽然很轻，所处距离也不近，但因为别墅周遭弥足安静，初萝还是听到了具体对话内容。

林英："阿炽回来了啊？辛苦了……萝萝呢？不是让你顺便把萝萝也接回来吗？"

然后是江炽的声音："她说不过来了。"

林英急急追问："怎么不过来呢？她爸爸在家吗……"

初萝没有继续听下去，从书包侧袋摸出钥匙，打开房门，再反手合上，将一切混乱心情尽数隔绝在门外。

幸好，世界总算平静下来。

没有让她难熬太久。

她低下头，摸了摸手臂。

02

次日，阳光难得冒出一点点头，驱散些许寒意。

江炽回到学校上课。

大抵是因为这个原因，早自习开始前，他们教室外面变得比往日热闹许多。

甚至，还有不少高二的学姐特地跑过来，和江炽打招呼。

北岱是小地方，江炽从小就在这个区上学，同学朋友邻居积累了不少，七弯八拐地绕个圈，谁来都能扯上关系。

比如"我是你初中补习班同学的邻居，早就听过你的名字啦""我们是幼儿园隔壁班，还一起滑过雪呢！你还记得吗"之类的，不胜枚举，叫人目不暇接。

江炽明显有点无奈，但又难以脱身，只好客套地笑笑，以作应付。

人却始终没法从教室门口走掉。

初萝踩着早自习铃声姗姗来迟，但也有幸见到这一"盛况"的尾声。

她撇了撇嘴，先将作业交到讲台上，再目不斜视地回到座位，同安妮窃窃私语："这些人这么嚣张，不怕被学校处分啊？"

安妮笑起来，也学她的模样压低声音："咱们学校没有早恋处分的校规。而且，大家也不是都抱有那种想法，很多是来看热闹的。"

毕竟，连学校的领导都觉得，江炽有可能成为下一个冬奥会冠军。要不然，也不至于刚一开学，学校有这么多人都知道江炽去参加国外比赛的事情了。

初萝轻轻哼了一声，不以为然，继续嘀嘀咕咕："冬奥不是还没开嘛，还好几年呢。这阵仗，我还以为是已经拿奖了，啧。"

安妮摊手："我看网上说，江炽是国内新生代的单板滑雪第一人，过往几个项目的比赛成绩都很好，希望很大啊。况且，也没好几年吧，就……后年？"

闻言，初萝狐疑地看向安妮："你怎么这么了解呀？"

难不成，安妮也喜欢江炽？

顿时，她被自己这个设想吓了一跳。

安妮："想什么呢。昨天你跟我说了你们之间的渊源之后，我刚去搜来学习的，免得以后跟不上你吐槽江炽的脚步嘛。"

初萝非常喜欢这种同仇敌忾，用力地点头："真的，江炽可讨厌了，千万别对他抱有什么幻想。"

对。

真的非常讨厌。

就是这样。

所以，哪怕江炽早上特地来按门铃，打算顺路把她载到学校，她也坚持没有搭理他。直到他人走之后，她才慌慌张张地出门，还差点迟到。

初萝在心里反复认可自己，像是某种自我催眠。

显然，很有成效。

不过小半分钟，她整个人的精神状态都顺利跟着平和稳定下来。

初萝没有继续深思，侧过身，抓着安妮的手，轻轻摆了两下，像是撒娇。

"安安，这周末，我们一起出去玩吧？"

开学至今，两人还没有一起出去玩过。

国庆长假期间，班上不少同学都组织了活动，什么聚餐唱 K 打球之类的，热热闹闹，青春洋溢，看了就叫人心生艳羡。

但，初萝只有安妮一个朋友，和其他人都不太熟。

哪怕有"江炽的青梅竹马"这个身份，竟然也没有什么特别优待。

从小到大，她始终是个边缘人物，早已习以为常。

幸好，安妮一口答应："好呀，你想去哪里？"

初萝也没什么好主意，蹙起眉，默默想了半天。

眼见着早自习即将开始，教室也渐渐安静下来，她正过身坐直，从草稿本上撕了一页纸下来，龙飞凤舞地写上：听你的。

她放下笔，把纸从桌面递过去，小心翼翼地放到安妮手边。

少顷，安妮如法炮制，将纸条重新还给初萝。

下面新写了一行字：去冰场吗？

初萝心念微动，手指无意识地蜷缩了一下，朝安妮点了下头。

两人相视一笑。

计划就此确定下来。

周六。

气温和前几天基本持平，但看天色，总觉得更阴更沉，好像随时随地会刮起一阵大风或是开始降雪。

下午一点多。

初萝急匆匆地冲向商场电梯口。

安妮已经在那里等着。她没穿校服，脖子上戴了一条红色的围巾，衬得皮肤雪白，看着也很暖和。

两人还有一段距离，初萝先喊了一声"安安"。

等对方看过来，她再将最后一段路跑完，小声道歉："对不起啊安安，我迟到了。你等很久了吗？"

安妮看了看表，笑起来："没有啊，时间刚好。是我没算好，来早了。"

初萝轻轻"啊"一声："你从家里过来的吗？"

安妮摇头："学校。"

"你周末没回家？"

"嗯。"

初萝挠了挠脸："早知道约离学校近的那家冰场了。"

她其实不知道安妮家住在哪里，只是想着挑一家市中心一点的，不管从哪里过来都方便。

"没事啊，这里也很近。"

说着，安妮伸出手，挽住了初萝的手臂，拉着她，兴致勃勃地上了电梯："我还是第一次有机会滑冰呢。萝萝，你要教我啊。"

初萝蓦地一僵，顿了许久，才闷声闷气地说："……其实我已经好久没练了。"

七岁那年，初柘带着初萝搬到江炽家楼下。不久后，初萝开始练冰舞，但因为一直没有找到合适的搭档，从冰舞转练了单人花样滑冰。

不过，因为客观原因，她没能走上专业花滑的路子，只是业余练练，当成一项兴趣爱好。

等到初二之后，也没再继续练了。

家里的考斯滕（costume，花滑运动员的比赛服）尺寸已经太小，冰刀鞋大抵也快生锈，像落了灰的回忆，被尘封在某个角落，无人再去翻阅。

"叮！"

电梯抵达冰场所在楼层。

安妮出声，打断了初萝的走神。她开口："没关系啊，肯定比我这种第一次上冰的新手强吧。你教我能不摔倒就好啦。"

初萝吁了口气："那应该没问题。"

两人在前台付了钱，租了两双冰刀鞋。

安妮还额外买了一套护膝。

这才双双走到旁边，各自开始换鞋。

周末，冰场里人也不算多，都是些小孩子。

这个季节，北岱急速降温入冬，室外冰场已经早早开始开放。

作为冰雪之乡，冰雪运动在此地盛行，不少人是从小就会溜冰滑雪的。许多人会选择去洒水制冰的室外冰场，比较冷，也比较有气氛。或者，等到了十一月、十二月，直接到河面上去滑，河水冻成冰后，比砖还结实。

初萝家附近就有个大型室外冰场。

每逢冬季，生意一直很好。

不过，前几天，安妮提出这个提议时，她却丝毫没有考虑过那家，潜意识便略过了这个选项。

陡然间，初萝又开始觉得有点冷，牙齿像是要打架。

她的注意力被转移，忙不迭系好鞋，决定赶紧动一动——身体只要运动开，体温就会恢复。

与此同时，安妮也已经穿好装备。

两人稍微做了几下拉伸热身。

活动开手脚后，便互相搀扶着上冰。

初萝虽然有一两年没有练，但从小练就肌肉记忆，冰刀一碰到冰面，仿佛长出了翅膀，能承载着她立刻翩翩起舞。

但安妮不行。

她紧紧扶着场边的扶手，无论初萝怎么引导，都没有勇气往前滑步，始终缩手缩脚。

半晌，自己也终于败下阵来。

"萝萝，你别管我了，你先去滑一会儿吧。等我扶着再适应适应。"

初萝叹口气："好，刚好我有点冷，转一圈再过来陪你。"

话音落下，她踩着冰刀飞出去老远。

眨眼间，人已经在半场之外。

初萝扭扭脖子，在冰面上做了个直立旋转，像个陀螺，转了好多圈，眼花缭乱的。

转完她竟然一点都没晕，身体又腾空而起，来了个花滑经典勾手跳，而后稳稳落回冰面。

这一串华丽的动作，成功地引起了小朋友们的鼓掌惊叹。

"哇！"

"姐姐好厉害啊！"

"好漂亮！"

"……"

初萝人很瘦，做动作时，整个人有种轻盈飘逸的美感，连带着发丝和衣摆都在猎猎飞舞。

被这么直白地夸奖，她有点不好意思，呼吸微微急促，脸颊泛出一点点红，连忙朝着那几个孩子摆摆手，重新回到安妮旁边。

安妮也在鼓掌："真厉害。其实我就是想看你滑，才提议来玩的啦，终于达成心愿了哈哈哈……"

初萝："真的已经不太行了。"

以前她可以做得更完美，落地时，上半身半点不会晃动。

安妮侧了侧脸，忍不住好奇地问道："那怎么没继续练下去啊？"

初萝倏地收敛起表情，垂下眼，目光在冰刀上停留了很久。

"……其实，我是因为江炽，才会去学花滑的。"

那年，初到新家，一切都是陌生。

初萝对外面很畏惧，根本不敢出门，也不愿意去上学。

初柘劝了很多次，也试了很多办法，始终没法让初萝走出房门。如果强行把她抱出去，她就开始大哭不止。

初柘感觉焦头烂额，干脆不再管她，直接放任她。

突然的某一天，陌生的漂亮小男孩出现在门口。

小男孩抱着一块板子，好奇地看着初萝："你就是新来的邻居吗？"

初萝躲在角落，声音怯怯："你是谁？"

男孩说："我叫江炽，住在你家楼上。你爸爸跟我爸爸说，你们刚刚搬来，没人陪你玩，就让我来带你出去玩。"

一开始，小初萝并没有理他。

但江炽长得好看，声音又好听，眼神清澈真挚，像透底的清泉。一连来了几天，她逐渐开始动摇。

终于，初萝问："我们能去哪里玩啊？"

江炽将初萝带去了滑雪场。

当然，两个七岁大的小孩子，肯定不可能自己去。是林英开车带他们俩去的。初柘则是悄悄跟在后面。

那个时候，江炽已经在滑雪领域展现出了不俗的天赋。

小孩子的想法很单纯。他觉得这件事很有趣，就想分享给初萝，让她也感受一下。

在江炽踩着雪板冲下雪道的那一瞬，初萝余光看到了初柘。

她脸上挂着许久不见的笑意，朝着初柘用力大喊道："爸爸！我也想滑雪！"

她也想和江炽一起驰骋在雪里。

因为，刚刚好的时候，一道阳光照在雪道上，将江炽的脸折射得熠熠生辉。

小初萝被这光所诱，骤然陷入了无法自拔之中。

只要女儿的状态能好起来，初柘当然什么都愿意做。听她一开口，他二话不说，直接去找滑雪场教练，给初萝报了个班。

不过呢，世上大部分事，都不能如人所愿。

初萝不算是很有运动天赋的人，也有可能是因为人比较瘦弱，力量不太够，无论是单板还是双板，都掌控得不太好，上雪道稍微一动，立刻开始跌跌撞撞。

练了两三回，看在钱的份上，教练还没有失去耐心，但小初萝自己已经感觉到有些挫败。

　　她指着另一边高级雪道上的江炽，问教练："教练，我什么时候才能去那里滑呀？"

　　教练摸了摸后脑勺，思忖片刻，含糊地敷衍她："大概再一两个月？"

　　以初萝现在的水平，要完全掌控好雪板，一两个月可能都不够。

　　但教练这个善意的答案，依旧让小女孩嘟起了嘴。

　　第二周再去滑雪场，初萝找机会躲开教练，偷偷跟上了江炽。

　　这条雪道坡度非常陡峭，起始点高度也高，像是望不见终点。

　　初萝站在江炽斜后方，往下看的时候，心里都在发抖。

　　她深吸了一口气，下定决心。

　　只是，尚未来得及做出动作，倏地，有人从后头一把拽住了她滑雪服的帽子。

　　初萝回过头。

　　小江炽就在后面，皱着眉看她。

　　那时候两人都还是小孩子，还没开始发育，身高差不多，体型也是一样瘦条条的。但江炽练滑雪，又是男生，力气肯定比初萝大一些。他一使劲儿，初萝压根挣脱不开，只能任凭他用帽子牵制着她。

　　江炽："你这样下去，一定会摔死。"

　　初萝："……"

这句话太直接，小女孩自尊心受挫，十分不满，气鼓鼓地嘟了嘟嘴，表示抗议。

江炽就把初萝拉离雪道起始点，拉到一边。避开人流后，他才松开手。

他顿了顿，看着初萝的眼睛，慢吞吞地问："我下个月就要去练跳台了，你也要偷偷跟着一起去吗？"

初萝愣了一下。

紧接着，江炽又说："我是带你出来玩的，不是来带你送死去的啊。"

这个时候，江炽的声音还稚嫩，明显是小孩子的声线。他一本正经、故作老成起来，在大人看来，蛮有诙谐感。但对于同龄的小朋友来说，就很有点"振聋发聩"的效果了。

初萝嘴唇碰了碰，嗫嚅："……好，知道了。我再学一学，再来和你一起玩。"

话音未落，她抱起雪板，转过身，颤颤巍巍地往回走，打算回去找教练。

可能是小女孩瘦弱的背影看起来有点可怜巴巴，也有可能是鹅毛一样耀眼的雪迷了眼睛。

总之，初萝没走出去几步，帽子又一次被江炽从背后抓住。

他说："我带你去试试别的吧。"

初萝不解扭头："别的什么？"

江炽轻咳一声，思索片刻："别的……比如滑冰？可能滑雪不适合你。"

看来，初萝这些日子在雪道上的惨状，他也有目共睹。

实在是于心不忍。

初萝："……"

滑冰这个活动，在北岱实在太常见了。

当然，并不是说滑雪不常见，只是滑雪好歹需要找个滑雪场、需要一些装备，滑冰只要买双冰刀鞋，直接在冬天去河面就行。换作调皮捣蛋一点的男孩子，自己偷偷磨上两把刀绑在鞋底，都能去冰面上撒欢。

江炽这么一个提议，着实很难吸引到初萝。

她知道自己之前表现得不好，丢人现眼了。

因而，小女孩眼睛有点发烫，用力吸了吸鼻子，回头，不肯再看他："不要。"

"……"

初萝家的事，就算称不上尽人皆知，总归也略有耳闻。

江炽被林英反复交代过很多遍，一定要照顾好初萝，要有男孩子的担当。

他想着，毕竟是因为自己的提议，初萝才跑来滑雪，如果她一直学不好，继续闷闷不乐，或者再次像今天这样做出危险举动，那就有点得不偿失。

小江炽挠了挠脸，皱起眉，开始绞尽脑汁地思索。

等初萝走出去老远后，终于，他想到了新的措辞。

"初萝！"

初萝脚步停滞半拍，但没有应声。

江炽往前几步，继续慢吞吞地开口道："真的不再考虑一下吗？我可以陪你去试试。"

初萝："不。"

"电视里，那些跳冰舞的舞者，很多都像你一样，比较瘦。我觉得那个可能更合适你。"

他语气很认真，有种超出了年龄的真诚："舞蹈艺术家可能就该是你这个样子的。"

再说起往事，初萝自己都觉得有点好笑。

"……可见，江炽从小就很会忽悠人。我那时候也真是好骗，都不懂艺术家是什么意思，只觉得可以上电视，好像很厉害的样子，就转项目了。哎，但凡有个小学文凭，都不至于被说动。"

说着，她转过身，手臂搭在场边扶手上，目光遥遥地落在虚空中，似乎在思考什么，并没有确切焦点。

安妮一直安静地在旁听，直到这会儿，才笑着开口："我觉得挺好的啊。"

初萝"嗯"一声，侧了侧脸，看向她。

"什么挺好？"

安妮："滑冰挺好的。不一定要走专业、比赛拿冠军，至少你现在看起来很瘦很漂亮，身形体态也很好。"

因为花滑、冰舞，都算是半个舞蹈类的项目，舞蹈也是必练项目。

初萝从小打好了基础，哪怕不练了，现在看起来也是瘦条条的。

虽然她个子不算很高，但四肢修长，形态又十分挺拔，像只雪白漂亮的天鹅。

两人对上视线。

初萝点点头："是，所以我从来没有后悔过。"

从懵懵懂懂，到寒暑交替后一天天长大。

那个讨厌的江炽，像是她人生里最重要的春天，在森林里划开一条小路，引着她走过一个又一个岔口，走过山川河流，走过无穷无尽的黑夜与白昼。

初萝讨厌遗忘。

所以，她依旧清晰地记得，那天在雪道边，她被江炽说动后，傻乎乎地跟着他一起去找教练请假，换衣服。

林英来之前，她还问了江炽一个问题："江炽，你同情我吗？"

小江炽目光清澈澄净，像雨水洗净后的天空。

他反问："当然不啊。为什么要同情你？"

初萝没忍住，抿唇，轻轻笑了一下。

但下一秒，她想到了一桩事，又觉得奇怪，表情有些狐疑。

"安安，你好像一点都不惊讶？我之前跟你说过这件事吗？"

安妮撑着扶手往前滑了两步，闻言，又颤颤巍巍地回来，回到初萝面前。

她温温柔柔地看着初萝，点头："嗯。"

初萝回忆片刻，实在想不起来自己什么时候和安妮讲过这些陈年旧事。自从放弃花滑后，她很少再会和人提到花滑相关的事情。

难道是之前，在学校里闲聊，随口说出来的？

这好像也正常。

毕竟她总是说起江炽。

初萝没有在意，牵了下唇，叹气："青梅竹马是这样的，因为一起长大嘛，时间久了，总是会有很多契机。"说完，目光偏转。

安妮一双桃花眼，明明该是极漂亮的，却依旧还是含着一丝化不开的悲伤。此刻，她正目不转睛地注视着初萝，没有作声。

刹那间，初萝心里一紧，竟然觉得有点害怕。

或许，悲伤的真相是不可触碰的禁忌。

她手忙脚乱地支起身，匆匆丢下一句"我再去转一圈"，踩着冰刀，头也不回地滑离了原地，踏入人声鼎沸的冰场之中。

这个季节，天色黑得很早。

为避免回家太晚，傍晚五点多，两个女生已经坐在餐馆里，准备再一起吃个晚饭，结束今日活动，各自回家。

地方也是两人一起选的。

是一家本地口碑不错的铁锅炖店。

时值周末，店里客人不少，熙熙攘攘的近乎坐满。人多，加上暖气很足，和室外就像是两个季节。

安妮一坐下，立刻开始解围巾、脱外套。

初萝倒没觉得很热，还是瑟缩，干脆穿着厚重大衣，只用两根手指，慢吞吞地开始翻菜单。

菜单很熟悉，不用看得多仔细。

她垂着眼，温声问："安安，你想吃什么？这里炖鹅炖鸡都有……啊，鱼也有。"

安妮："随便呀，你做主就好，我都可以。"一边说着，一边随手把围巾叠好，放在旁边空位置上。

初萝余光瞟到，动作微微顿了一下，笑着岔开话题："这条红围巾，我好像也有一条差不多的……"

不，不是差不多。

应该是一模一样的同款。

刚刚见面，她第一眼看到安妮戴，就觉得很眼熟。

虽然只不过是最基础款，没什么特别。但这种能和好闺蜜产生心灵默契、买到同款的概率，还是会让青春期的小女生觉得高兴。

安妮愣了愣，好似想要说点什么。

倏地，手机在桌面上振动起来。

初萝低下头，瞥了一眼来电显示，微微蹙起眉。

是江炽的电话。

她没有马上接起来，只是任凭手机振动着。大约半分钟过去，她才站起身，将手机拿起来，紧紧握在手心，另一只手把菜单顺手递给安妮。

"你先看，我去接个电话。"

话音刚落，初萝已经揣着手机，小跑到了店门外。

寒风扑面而来，震耳欲聋似的。

在北岱这个地方，连风里都是裂隙在号啕。

初萝不喜欢这里。

但不喜欢的事情太多了，终归是无法一一避开。

所以，她还是清了清嗓子，对着手机开口："江炽？"

江炽的声音已经不复童年那般稚嫩，低沉了很多，也沉稳了很多，很好听，却依然听得出青涩。

他问初萝："你没在家吗？"

初萝："嗯。在外面吃饭。"

江炽："吃的什么？远吗？我妈问要不要去接你？"

初萝垂眸："……不用，就铁锅炖。不远。"

"我们之前吃过的那家？"

"嗯。"

"和朋友吗？"

"嗯。"

江炽大概是笑了笑，尾音明显柔软下来："多吃点，天气冷。"

初萝不知道该回答什么，顿了顿，只能干巴巴地发出一个单音节字："啊。"

电话两端，双双沉默下来。

只余呼吸声，此起彼伏地弥漫。

良久，江炽终于再次开口："回家注意安全。礼物我放在门口了。"

因为"礼物"两个字，香喷喷、热腾腾的铁锅炖，都没能让初萝集中起注意力。

一顿饭，吃得人坐立难安。

事实上，江炽每次去其他地方比赛或是训练之类，回来都会给初萝带手信礼。

这也不是什么新鲜事。

但初萝依然会觉得激动。

好像她没能去的远方，有人代替她去了，并将那里的一部分送到她手中一样。每一次，都能令人期待万分。

毕竟面对面坐，哪怕初萝已经尽力控制，试图伪装，但安妮还是逐渐看穿了她在神游天外。

安妮夹了一块排骨，垂着眼，慢悠悠地问："萝萝，刚刚是谁的电话呀？"

初萝："啊？什么？哦，哦，刚刚啊，没谁，不重要的人。"

安妮笑一声，戳穿她："是江炽吧。"

初萝："……"

安妮继续说："每次，只要是和江炽有关的事、江炽有关的话题，你整个人就会有点……呃，焦躁？或者说亢奋？虽然不明显，但是能感觉得出，和平时的你不太一样。"

"哪有……"

初萝不肯承认，拿筷子戳着碗，试图以单薄无力的语气狡辩一下。

安妮眉眼弯弯，看起来毫无攻击性，温柔得让人心折。

"好啦，我知道，青梅竹马嘛，再讨厌也和普通朋友不一样。"

说着，她三下五除二吃了几口肉，放下筷子，善解人意地说："回家吧。时间不早了，我也要回学校去了。"

初萝打车，稍微绕了一点点路，先把安妮送回学校，再让司机开回家。

这个点，路上车不少。

每一个红灯，都长得让人心焦。

初萝轻轻咬着下唇，手指一下一下无意识地敲着膝盖，似是在心里无声催促。

快一点。

最好再快一点。

想立刻去看看江炽给她带了什么伴手礼回来。

终于，出租车驶入小区。

初萝付了钱，大步往自家大门的方向走去。穿过庭院时，已经不知不觉变成了小跑。

夜凉如水。

月光皎皎如炬。

声控灯随着脚步声一盏一盏地亮起。

初萝家房门外的台阶上，放了一只白色纸袋，直挺挺地立在那里，清晰可见。像是凯旋的将军，正等待国王巡礼。

她一步蹦过去。

她甚至都顾不上开门进房间，先就着室外灯，将袋子里的礼物拿出来。

里面是一盒巧克力。纸盒包装，但是重量不轻，端在手里沉甸甸的。

看纸壳上的标签，全部都是英语，也没有在国内见过。

初萝很喜欢吃巧克力和糖果这类零食。

江炽当然知道。

毫无疑问，这是特地为她去买的。一想到这件事，她就觉得这盒巧克力变得贵重且有意义起来。

初萝嘴角抿出一点点笑意，顿了顿，直接在台阶上坐下，开始拆包装，拿了一枚巧克力出来，放进嘴里。

甜腻的香味在口腔弥漫开。

很好吃。

口味还有点熟悉感。

初萝一愣，又去翻巧克力外包装。

确实是全英语字，却好像也在哪里看到过。

她默默回忆了一会儿，实在没想起来，又觉得这也不是什么很重要的事情，没必要继续费时间联想。

于是，她缩了缩脖子，一只手小心翼翼地端起巧克力，另一只手撑了一下地，站起身，开门回家。

凌晨三点。

房间里拉着窗帘，漆黑一片，伸手不见五指。

初萝翻了个身，长叹一口气，鬼使神差地从床头柜上摸过手机，闷在被子里，一个字一个字开始编辑消息。

初萝：谢谢。

选择联系人"讨厌鬼江炽"。

点击发送。

四个半小时后，手机屏幕在床头柜上亮了几下。

江炽：不用谢。

江炽：萝萝，不要熬夜。

像好梦一场。

03

上学的日子，时间流速总是时慢时快。

在沉闷讲课声中，好像只是一眨眼工夫，昏昏欲睡下，日历翻过几页，就进入新一个月份。

明天就是二十四节气里的立冬。

立冬，在农历里，代表秋天和冬天相交的日子。

按照北岱的习俗，这一天是要吃饺子的。

晚上睡觉前，初柘给初萝打电话，说明天他会早点回家，还带了礼物，要她一起去江炽家拜访问候。

初萝不太情愿，嘟嘟囔囔地想拒绝："……没事还是不要打扰人家了吧，万一人家有自己家的计划呢。"

初柘："爸爸已经给你林阿姨打电话说过了。我们两家也很久没有一起吃饭，正好趁这个机会一起见见面。你放学就直接上去，帮林阿姨打打下手。你以前不是很喜欢吃林阿姨包的饺子吗？你小时候，没事就吵着要上楼去蹭饭呢。"

初萝："……"

可是，以前是以前啊。

一切习惯被加上时间定语之后，都会和本身意义大相径庭的。

初柘："萝萝听话，要懂礼貌。人家照顾你这么多，是要经常走动、表达感谢的。"

初萝张了张口，欲言又止。

半晌，到底是败下阵来，讷讷："……知道了。"

次日凌晨就开始下雪。

到早上，地上已经积了厚厚一层雪。

江炽骑不了自行车，林英干脆开车送他上学，顺便带上了初萝。

因为是林英来喊，初萝没法不应声，也没法无视，只能乖乖地上车，低着头、背着书包，和江炽一起坐进后排。

林英有一阵没看到初萝，一路上都在喋喋不休地同她说话。

诸如"最近睡得好吗""有没有做噩梦""身体有没有不舒服""高中上学辛苦吗""和班上同学相处得如何""有没有什么想吃的东西呀"之类，都是很细节的生活琐事，事无巨细，就像对自己的女儿一样，想要能关照到她。

面对林英，初萝总是心情复杂，要非常努力，才能保持如常态度，不露出什么端倪。

幸好，闭目养神的江炽在旁边听不下去，揉了揉额头，睁开眼，出声拯救初萝："妈，晚上吃饭的时候再问吧。现在时间还早，先让萝萝休息一会儿啊。"

林英连忙点头："对对对，我都忘了，今天就是立冬，晚上咱们还要一起吃饭呢，有时间的。萝萝，外面下雪，放学你和阿炽一块儿打车回来，别自己走路了，知道吗？"

初萝垂眸，轻轻点头："嗯。"

林英："饺子就还是白菜馅好吗？萝萝最喜欢这个。你们还想吃点什么菜？我让你江叔叔一会儿带回来。烤鸭想吃吗？或者炸鸡排之类的？"

江炽是运动员，吃东西很讲究，一般林英不会让他吃很多油炸食品。

今天看在初萝的面子上，竟然也难得松了口。

初萝："我都可以。谢谢阿姨。"

林英将车停在一中校门口，将这个话题拍板定论。

"那就各种都买一些。还有，萝萝喜欢喝什么饮料，你们俩回来的时候，自己在门口的小超市挑了买好带上来就行。随便选，阿姨给你们报销。"

"好了，不说了，你俩赶紧去上学吧。阿炽，下车去给萝萝拉门啊。"

闻言，初萝立马就想拒绝。

还没组织好措辞，自己这侧的车门已经被人从外面打开。

江炽个子高，人又挺拔，一只手拉着车门，安安静静地站在车外。

雪光从四面八方映射到他脸上。

芝兰玉树，昳丽无双。

桃花眼天生含情，高鼻梁，薄唇，嘴角微微上扬，精致又美好，赏心悦目，找不到一点点缺憾，如同每一个青春故事里最灿烂的那个画面。

顿了顿，他温声喊她："萝萝。"

初萝浑身一震。

这个小插曲，使得初萝一整天都有点心神不宁。

和安妮说着话，都会不小心走神。

还好，安妮脾气好，并不介意。

下午有体育课。

外面还在下雪，操场积雪已经很厚，没法活动，体育老师安排他们去室内体育馆。

女生两人一个球，一起练三步上篮。

体育馆有供暖，安妮脱了外套，领了球，回过头，看到初萝还穿着厚大衣，呆呆地站在原地发愣。

她啼笑皆非，走过去，把篮球塞到初萝怀里。

初萝终于回过神来："啊，不好意思，要开始练了吗？"

安妮瞄了一眼体育老师，发现他人已经不见了，明显是要放他们自由活动，便干脆拉着初萝，跑到二楼观众席的角落坐下。

"萝萝，你今天怎么了呀？一直魂不守舍的。发生什么事了吗？"

初萝："没有什么特别的事啊，可能是没睡好……"

话音未落，对上安妮温和的目光，她后面的话就有点说不下去了。

沉默片刻，初萝再次开口："今天我们家要和江炽家一起吃晚饭。"声音明显比刚刚低落了不少。

安妮不理解："你不是说你们邻居之间关系不错，两家人一直来往很多吗？一起吃个饭不是很正常？"

"是，是很正常。但是……"

初萝咬了咬唇，表情纠结不已："但是，我不知道该怎么面对江炽的妈妈。"

终于说出来了。

从来没有人可以倾听她莫名其妙的苦恼。

幸好，安妮来了。

"前几年，有一次我去江炽家，听到她跟江炽说……"

说了什么呢？

直到今天，初萝还能清晰地回忆起来。

那天，应该是初中一年级或者初中二年级的时候？

得知江炽从训练基地回家，初萝兴冲冲地上楼去找他玩。

江炽家大门半掩着。应该是江炽进去没多久，忘了顺手带上，也还没人发现。

初萝在他家从小玩到大，当自己家一样，熟门熟路地走进去。

她在玄关站定，尚未来得及出声喊人，刚好，听到了自己的名字。

林英正在大客厅内侧，应该是在帮江炽收拾行李箱，模模糊糊地说了一句："这是要送给萝萝的吗？"

初萝立刻把声音吞回肚子里，想偷偷听听看，江炽要送她什么东西。

下一秒，江炽漫不经心地"嗯"了一声："萝萝不是前些天生日吗？给她补个生日礼物。"

江家玄关做了个镂空高柜，再里面还有八宝书阁做隔断。

初萝所在这个位置，视线受阻，看不到客厅里面的人，自然也无从分辨江炽说话时的表情。

她只是潜意识觉得，他一定是在笑的。

所以，初萝也跟着笑起来。

只不过，接下来，她便有些笑不出来了。

林英再次开口："蛮好的。是要想着萝萝一点。她家里这种情况，她一个小姑娘很不容易，你是男孩子，要多照顾照顾人家。"

江炽："嗯。"

林英："不过平时还是要注意分寸啊。阿炽，你和萝萝都长大了，男女有别，知道吧？我和你爸都是把萝萝当亲女儿看的，你也要把她当成你亲妹妹一样。"

"……"

　　林英的敲打之意几乎要从话里溢出来。

　　直到今天。

　　直到此刻。

　　初萝心里很清楚，林英是很喜欢她的，也是真的很疼她。

　　江炽有什么，她全部都有，一样都不会落下。

　　从小到大，林英就像一个没有血缘关系的妈妈，小心翼翼、尽力守护着初萝这个萍水相逢的小女孩。

　　但是，这就是所有。

　　不能再有更多了。

　　这条断壁残垣拼接出来的界线，谁都不能跨过。

　　初萝抱着篮球，低下头，眼睛里有雾气氤氲。

　　顿了顿，她继续对安妮说："……拜托，我最讨厌江炽了呀！怎么……怎么会对他有什么非分之想呢？林阿姨真是想多了。而且，谁要当他妹妹啊。我可是独生女。"

　　…………

　　放学铃敲响。

　　江炽走到初萝座位边，屈指，轻轻叩了叩桌面。

　　"萝萝，走了。"

　　初萝正在抄备忘录，闻言，微微一顿。

　　她的余光扫到旁边抬头看过来的安妮，想到自己对江炽应该是厌烦的态度，便径直小声反驳："急什么呀。"

江炽好脾气，耐心解释："等会儿雪要越下越大了。"

初萝条件反射般地望向窗外。

果然，外面雪越来越大，比刚刚体育课下课时更大。

雪花绒毛似的，细细密密地从半空往下坠。

但因为室内室外温差巨大，窗上有雾气，玻璃外的一切都是若隐若现，看不十分清楚。只有入目处一整片雪白，如同静止时间，用以管中窥豹。

这样下去，一会儿时间更晚，雪会不会更大先不说，天更冷了，初萝怕自己扛不住。

她今年好像尤为怕冷。

思及此，初萝没有再故意和江炽唱反调，说了一句"那你晚点记得把作业发给我"，把课本和习题册一股脑塞进书包，胡乱拉上拉链。

同安妮匆匆作别后，她跟在江炽旁边，快步离开教室。

在教学楼到校门口这段长长的路途中，江炽已经摸出手机，用打车软件约了车。

"车还有两分钟就能到。"他淡声说。

初萝"哦"了一声，浑身上下冷得哆嗦，压根不敢多说话，生怕声音也开始打颤。

倏忽间，她开始在心里庆幸，幸好现代互联网发展迅速，连北岱这种边陲小城都被各类快捷 APP 攻陷。也幸好江炽动作快，能在这个下班放学晚高峰的雪天里，提前打上车。

要是让她站在外面再等个十几分钟，估计过后就能直接把她扛去做冰雕了。

初萝这么想着，突然感觉肩上一空。

她吓了一跳，猝不及防地抬起头。

此刻，江炽已经落后她半个身位，正拎着她的书包，居高临下地看着她："我帮你背。"

初萝连忙摇头："不用了。"

江炽："上初中的时候，你总是嫌书包重，上学放学都让我帮你拿。"

初萝有点尴尬，讪讪地笑了笑，含糊不明地解释："现在长大了嘛。"

江炽接受了这个答案，并没有勉强，松开手。

书包的重量重新落回初萝肩上。

但接着，江炽飞快地将自己的防风外套脱下来，套在初萝身上。

外套是 185 码的男款，黑色，宽大无比，连同她的书包都能一同严严实实地包裹进去。

初萝通身被温暖气息包围，蓦地，整个人都愣了愣。

江炽把外套给她，身上只剩冬季校服，单肩背着书包，看起来越发清瘦高挑。

少年人声音沉静淡漠，却不疏离，有种莫名的温柔："穿着吧。马上就能上车了。"

"……"

他感觉到她刚刚轻微的颤抖了。

毫无疑问。

初萝紧紧抿着唇，眼眶逐渐有些发烫。

这个讨厌鬼江炽，要是真有妹妹的话，应该是个很好很好的哥哥吧。

雪天地滑，路上有点堵。

出租车开开停停，小心翼翼，几乎和走路用时差不多久。

好在车内空调很足，还能开到小院门口，舒适度拉满。

初萝一下车，立马被寒风吹得浑身僵硬，二话不说，径直往自家大门的方向冲。

她跑出去没两步，防风外套连带书包一起被人从后面抓住，霎时间，动弹不得。

江炽像小时候抓她帽子一样抓着她，把她往另一头楼梯那儿带："直接去上面吧，不然一会儿还要下来接你。"

初萝："……"

她被江炽推上了楼。

打开门。

林英早就在厨房忙碌，听到声音，赶紧出来接初萝。

　　她手上还挂着一点湿面絮，没来得及洗干净，笑意已然抑制不住，叠声道："萝萝来了啊。好久没上来玩了，阿姨准备了好多你喜欢吃的零食，还放在老地方，你自己去拿哦。"

　　顿了顿，她又望向初萝身后："阿炽？怎么，还要出门吗？"

　　江炽放下书包，从玄关挂钩上拿了另一件外套，披在身上，淡声作答："我下去买饮料。"

　　林英："不是让你们回来的时候顺路带上来吗？"

　　江炽转身往外，头也没回："萝萝有点冷。没事，她喜欢喝什么我都知道。"

　　"那行。"林英没再管他，自顾自地招呼初萝，"萝萝快进来，房间里暖和。"

　　等初萝放下书包，洗过手，林英从厨房端了一个托盘出来，放在茶几上。

　　上面是一杯果汁配一块巧克力蛋糕，还有一碟生巧。

　　"在学校上课饿了吧？先随便吃点东西垫垫肚子。等你爸爸和你江叔叔回来，我们就开饭啦。"

　　初萝赶紧接过来，有点手足无措："……啊，谢谢阿姨。"

　　林英："怎么现在变得那么客气了？好像也不爱笑了。高中是不是很辛苦啊？"

　　初萝不知道该说什么，只能勉力应付几句。

　　林英还要去继续包饺子，没办法多聊，轻轻摸了摸她的脑袋，意犹未尽地回到厨房。

不过片刻，初萝也跟着走进去。她挽起袖子，眨了眨眼睛："林阿姨，我来帮你。"

林英："不用不用不用，你去外面玩就好啦。要不要看会儿电影？或者玩游戏？我记得阿炽有个游戏机，就放在八宝架上，你去翻翻看。小朋友是不是都喜欢玩这个？他买了好多游戏盘呢。"

不过，初萝并没有接受这个提议。

她看到案板上还有剂子，便从旁边拿了擀面杖，帮林英擀饺子皮。

这没什么难度。

对初萝来说，一个人生活是常态，她甚至能自己下厨做菜。

虽然复杂的面食还不太熟练，像饺子这种，完全能手到擒来，更别说擀擀皮子而已。

很快，剂子变成了一张张饺子皮，整整齐齐地堆叠在案板上。

林英调好馅料，拿来饺子皮和筷子，手脚麻利地开始包，一边还要和初萝聊天："萝萝真是变了不少。"

初萝垂着眼，动作一滞。

不知道是不是因为心虚，她感觉林英话里有话，越发惴惴不安，只好用刚刚的话术再一次为自己辩解："……长大了嘛。"

林英长长叹了口气，感慨万千："也是，你们都长大了。

时间过得可真快。"

没错。

时间过得可真快啊。

初萝点头。

林英笑了笑，又重新问了早上那个问题："最近睡得好吗？有没有失眠啊？"

初萝："挺好的。没有失眠。"

林英："那就好，有什么不舒服，就去看医生。如果你爸爸在忙的话，发消息给阿姨，阿姨和你江叔叔会带你去的。知道了吗？"

"……嗯。"

没多久，江炽和江叔叔一起回来。

江炽手上拎了两个大袋子，一个袋子里是各色各样的软饮，另一个袋子里则是各种糖果巧克力，满满当当，全是给初萝买的。

事实上，他自己很少吃这种高热量零食，也不太喜欢甜味浓腻。

他爸爸也是。

林英则是为了保持身材，一直尽可能在戒糖。

从始至终，江炽家所有的糖果和巧克力，都只为初萝一个人准备。

而所有人都已经习以为常。

只有初萝在作茧自缚。

江叔叔走进厨房，挽起袖子："萝萝，到外面去和阿炽玩吧，这里叔叔来弄。"

初萝喊了一声"江叔"，还没来得及说话，就被江叔叔和林英联手赶了出来。

她没办法，在原地站了会儿，犹犹豫豫地迈开步子，重新回到客厅。

江炽正坐在地毯上看电视。

和滑雪没关系，是NBA（美国职业篮球联赛）的比赛。

余光扫到初萝走过来，他头也没抬，从茶几上捞了一大包零食，随手扔给她。

"吃。"

他言简意赅。

初萝看了一眼包装袋。是一包黑糖话梅。

她拆了一颗放进嘴里，满嘴都是酸酸甜甜的味道。

"谢谢。"她小声道谢。

江炽"嗯"了一声，作为应答。静默良久，他又重新开口："我下个月要进基地训练了。跟你说一声。"

闻言，初萝点点头："知道了。什么时候比赛？"

江炽："一月。"

初萝："加油。"

江炽侧了侧脸，目光从电视屏幕上挪开，落到她的脸上，端详数秒。

最终，他到底是什么都没有说。

徒留初萝一个人，悄悄攥紧了手指。

第一锅饺子出锅。

初柘卡着点按响了门铃。

他手上提着大包小包，东西多得夸张。一个大男人，看起来几乎都快要拿不动了。

林英擦了擦手，皱着眉，说："来吃个饭而已，拿这么多东西干什么呀？"

初柘呵呵笑："不多不多，一点点心意。嫂子，我们萝萝也亏你们照顾啦。"

林英："说什么呢，太见外了！我都恨不得萝萝住到楼上来，给我当女儿呢！"

"哈哈……"

三个大人惯例开始了一番寒暄。

初萝站在后面，默默地看着初柘，脸上没什么表情。

她也有一阵没有见过她爸了。

因为聚少离多，父女俩每次见面，总会感觉陌生。似乎难免需要尴尬一段时间，才能重新恢复正常交流。

这种状态，在这几年里，循环往复，望不到终点。

初萝也没有觉得有什么难受的，抿了抿唇，将黑糖话梅从口腔的左边转到右边。

倏忽间，一只大手落到她头顶。

掌心十分温暖，叫人不由得心生眷恋。

初萝扭过脸。

江炽轻轻摸了摸她头顶，垂眸，思忖几秒，问："你的书包呢？不是作业没抄完吗？先进去抄吧。我的包在书房里，你自己翻。"

他是想安慰她。

初萝心如明镜。

她点点头，难得对江炽这么乖巧听话，一言不发，转身去了里面书房。

一顿晚饭，吃得温馨又热闹，算得上宾主皆欢。

初柘和江叔叔还喝了点酒，配着烤鸭当下酒菜，喝得双双脸颊泛红。

初萝和江炽明天还要上课，没跟着在餐厅待到最后，先被林英赶进书房去写作业。

两人像是回到了小时候，一人一边，坐在宽敞的实木写字桌前，面对面写字。

不过，小时候，初萝很爱对江炽问东问西，缠着他说话。现在她却变成了个锯嘴葫芦，不怎么再开口，也不怎么看他，专注解题，任凭气氛一路沉默下去，直至陷入死寂。

临近晚上九点半，总算散场。

初柘在书房外面敲门："萝萝，出来吧，我们要回家啦。"

初萝应了一声，赶忙站起身，开始收拾。

"江炽。我先走了。"

江炽："嗯。明天早上等我。"

初萝微微一顿。

她没说好，也没说不好，只背起书包，转身离开。

同林英和江叔叔作别后，父女俩一前一后，沿着楼梯下楼。

外面，雪比傍晚更大。

整个世界成了白茫茫一片，遮天蔽月。

连远处的云杉树都被雪花盖住，几不可见。

下到最后一级台阶时，初柘脚步停了停，背对着初萝，低声开口问道："萝萝最近有没有哪里不舒服？"

初萝："没有。"

初柘："什么症状都没有吗？"

初萝心里一跳，面上并不显现，继续点头："嗯。"

初柘："那就好。"

说完，他往外走了一段。

初萝也跟着往外，踩进雪地里。

不过三五秒钟，雪花缤纷而至，落在她的头发上、肩上，还有睫毛上，模糊了视线。

初柘始终没有回头。

他只是面对着家门的方向，看起来脚步十分坚定。

但他再开口时，说话语气却是迟疑——

"萝萝……爸爸准备再婚了。"

第二章 / 玄鸟

「小时候真好啊，快乐到只想长大。

现在，终于梦寐以求地长大了……那然后呢？」

——初萝随笔

01

今天这个立冬实在太热闹，果然不会就这么轻易结束。

其实，初萝早就知道会有这么一天，但真正听到消息，一时之间，还是有点难以很快反应过来。

她试图想要牵起唇角，憋出一个笑，未果，表情顿时变得有些滑稽。

刚好，初柘也没有回头的打算，她倒也不必再勉强自己。

他只是有点局促不安，碎碎念似的继续说："本来是打算等你高考完再说……但是爸爸想来想去，觉得你念高中还是需要大人来照顾一下。那个阿姨很喜欢下厨，做菜很好吃的。"

初萝："……"

这下，她是真忍不住笑了起来。

大人难道都是这么道貌岸然的吗？

如果真的觉得自己需要照顾，去学校住宿，其实是更快捷的方案，还省去了和"新家人"的磨合。

况且，如果真觉得自己需要家人，做爸爸的，也早就该有所表示才对。

说来说去，不过是好听的借口罢了。

但初萝并没有什么怨怼之心。

初柘已经为这个家牺牲了很多，她心里很清楚。

她是受害者，爸爸也是受害者。

选择逃避本来也没有什么错，是人之常情。

所以，初萝只是掐着手心，深吸了一口气，用寻常口吻低声作答："嗯，知道了。"

几句话的工夫，两人已经走到房门外。

初柘正在摸家门钥匙，听她出声，动作顿了顿。

他回过头，表情颇有点难以置信。

"萝萝？你这是……答应了？"

初萝啼笑皆非，随手拍了拍衣服上的雪，嘟囔："爸，我又不是不懂事的小孩子了。"

她不可能阻止任何人奔向更好的未来。

哪怕那个人是她爸爸。

初柘苦笑一声，打开门，让开身位，示意初萝先进去："你妈妈的事情，我还以为你会恨我。"

暖气从房间里吹出来，瞬间吹散寒意。

初萝脱了鞋，垂着眼，摇头："我没有恨过任何人啊，爸爸。"

"恨"这个字太沉重，她背负不动。

洗过热水澡，浑身上下彻底暖和起来。初萝躺到床上，从旁边拉来被子裹住自己，舒服地喟叹一声。

好累啊。

感觉完全提不起劲儿，脑海里一片混乱。

不想写作业了。

她用被子蒙住脸，在"少交两科作业明天挨骂"和"起床把剩下的练习题补完"中挣扎了半天，依旧没能做出选择。

正此时，手机在枕边一连振动了几下。

初萝摸了两下，把手机拿过来。再从被子里露出一双眼睛，解锁屏幕。

江炽：睡了没？

江炽：你的围巾落在我家了。

初萝轻轻地"啊"了一声。

应该是因为走得急，围巾挂在江炽家玄关挂钩上，忘了拿走。

怪不得刚刚脖子凉飕飕的。

想了想，她打字回复：没关系，我明天早上去拿好了。

江炽：你在自己卧室吗？

初萝不懂他为什么追问这个。

不过，她心情不好，能和人说几句废话，也不赖。

初萝：在啊。

江炽：那你到窗边去。

初萝一骨碌坐起来，不明所以地望向窗户方向。

外面，雪好像停了，一片漆黑。

连空气流动都好像是静谧无声的，唯有一缕惨白月光，在老远老远的天际。

不过片刻，窗外传来一点点动静。

"哒。"

"哒。"

像是某种物体，在轻轻敲击着玻璃。

初萝一下就听出来是什么声音，跳下床，赤着脚，三两步跑过去，拉开玻璃窗。

果然，上面挂下来一根绳子。

绳子尾端挂着一个大号硬纸袋，随着绳子晃动，不受控制地磕在玻璃上。

初萝抓住绳子，脑袋探出去，眯着眼往上面看。

这叠拼别墅建造时就有设计，上下两户各占两层，但房型和布局却并不完全相同。初萝的卧室在二楼，正上方三楼是江炽的书房，四楼则是他们家的储藏室。

此刻，江炽人就在上一层书房里。

少年一只手撑着窗台沿，另一只手拽着绳子一端，低头看着初萝，仿佛在等她赶紧把放下去的纸袋拿走。

黑暗中，两人的表情皆是不甚分明。

唯有一双眼睛，在房间光线的映射下，炯炯有神，灿若繁星。

初萝怔了一下，收回视线，兀自去解绳子上的结扣，动作看起来十分熟练。

很快，那个纸袋被她拿下来，抱在自己怀中。

"唰——"

上方，江炽将绳子收了回去，人也缩回窗内，再看不见了。

纸袋塞得满满当当。

最上面是初萝落在江炽家的围巾。把围巾拿掉，底下就是刚刚江炽买回来的糖果零食，拆封的、没拆封的，一起全给了她。

最底层，还放了几颗折纸星星。

初萝把纸袋翻过来，用力抖了抖。

纸星星全部散在被子上。

她拿起一颗，对着顶灯端详起来。

半晌，确定这是来自江炽的手笔。

因为星星一角收口处有胶水的痕迹。

只有他会因为懒得把纸折进去，直接拿胶水粘上，看着略显粗糙狂放。

平心而论，江炽一直属于全能型人才，作为一个运动员，运动神经发达，常年外出集训，但成绩却不差。

长相优越，性格也好，家庭条件还好。

这个人的存在，就像是用来给所有普通人当对照组，让人自惭形秽的。

幸好，在折星星这个简单手工折纸技术上，初萝还算能勉强胜过江炽，也避免了让她更讨厌他几分。

大约在两人六年级那会儿，折星星这项活动在班内女生中盛行。

初萝不可免俗，研究了几天，买了纸和星星罐，偷偷加入了这项活动。

当时，两人关系还很亲密。

毕竟是青梅竹马嘛。

初萝是想折一罐送给江炽，当作毕业礼物。刚好这段时间里，江炽人在外面训练，并不在北岱。

她把星星纸拿到江炽的书房，每周末都去蹭林英做的点心。她一边晒太阳、一边叠星星，十分惬意。

结果，江炽提前两天回来，在书房里翻出她的星星玻璃罐，研究了一会儿，就不小心失手打碎了。

初萝知道之后，气得好几天没理他。

几天后，也是这样一个晚上，卧室窗户玻璃也是这样被敲响。

"咚。"

"咚。"

声音听起来更重、更闷一些。

当时，初萝也是从这样一根绳子上，收到了一个新的星星罐，甚至，连原本罐子里面还空着的小半截也被装满了纸星星。

她倒出来，翻看了一会儿。发现那些被补足的星星，好像都是用胶水粘住封的口。

这不是惯常折法。

一般都是把纸尾端卡到上一层里，这样按出五角星形状不会散架。

初萝没多想，抱着罐子，跑去了楼上。

江炽正在补前些日子落下的作业，听到她"咚咚咚"的脚步声，眼睛都没抬一下，随口调侃道："哟，是初萝啊，好久没见了。"

初萝把那把星星拿出来，捧到他眼睛底下。

"阿炽，这是你折的吗？"

"……"江炽没作声。

初萝不依不饶，又问一遍。

终于，他不情不愿地"嗯"了一声。

初萝笑起来："谢谢你啊！但是你怎么能拿胶水粘呢？这

样时间久了就会散开，而且两只角都会显得有点厚……"

说着说着，她又想到这本就是打算送给他的，渐渐收了声。

江炽轻笑，抬头，轻描淡写地瞟她一眼："差不多得了啊，少得寸进尺。"

闻言，初萝嘟了嘟嘴，小声嘟囔："哪有得寸进尺，我这是在教你哎……"

江炽："我是男生，要学这个干什么？"

初萝："那你是男生，怎么还折了这么些呢。折纸而已，哪有什么男女之分啊！"

江炽瞪她："还不是因为打破了罐子，听说某人整天不高兴，想着弥补一下，顺便安慰安慰她吗？放心吧，肯定没下次了。"

那回，他说没下次了。

距今过去多久了？

初萝掰着手指算了算，差不多已经有四年了。

从上次到下次，隔了四年。

但在他们俩的相处中，四年，却也只不过占据了不到二分之一的时间。

不过，江炽居然还能把当时剩下的星星纸找出来。

初萝低低笑了一声，手指轻轻摆弄着床上那几颗纸星星，有一下没一下的，似是在沉吟什么。

江炽……应该是听到了吧。她想。

毕竟，初柘说话的时候，两人就在楼梯上。

如果当时林英他们就发现了她落下了围巾，肯定会让江炽给她送下来的。可能是他追出来的时候，听到了他们父女俩的交谈。

江炽是想安慰她吧。

他不是说过吗，星星就是用来安慰她的。

胶水粘的也一样。

初萝叹了口气，把那几颗纸星星小心翼翼地收好，接着，再将整张脸都埋进了枕头里。

她并不想让江炽可怜自己。

可是，扪心自问，内心深处，初萝依旧还是觉得感谢，觉得温暖，觉得五脏六腑都被安抚妥帖，心脏不再簌簌地往外冒血，也不再那么低落难受。

江炽这个讨人厌的家伙。

没人能讨厌他。

…………

时间进入十一月下旬。

江炽离开学校，提前返回训练基地了。

少了一些偷偷来看他的女生们的沸反盈天，教室门口也再次归于平静。

午休时间，安妮频频扭头，看向身边的初萝。

终于，她忍不住小声问道："萝萝，你今天怎么了呀？午饭也没有去吃，真的没有哪里不舒服吗？"

江炽走掉这几天，初萝一直恹恹的，整个人显得有点提不起劲儿来。

今天算是到达谷底了。

连午餐时间都趴在桌上，懒得动弹。

安妮想了想，又压低了一点声音，凑过去，和初萝咬耳朵："是不是因为江炽不来，你不习惯啊？"

果然，这句话极具强心针效果。

初萝"噌"一下从桌上弹起来，错愕地看着她，气势汹汹地怒喝："怎么可能！"

周围静了一瞬。

同学们纷纷看过来。

初萝反应过来，脸颊发烫，连耳尖都陡然泛出隐隐约约的红。

安妮忍着笑，赶紧安抚她："知道了知道了，萝萝，我开玩笑的。"

初萝还是气鼓鼓的："不好笑啊。"

安妮："那你怎么了嘛，跟我讲讲呀。"

"……"

初萝和安妮对视了几秒，表情欲言又止，最终，却还是什么都没有说。

她长叹一声，颓然地重新趴回桌上。

最近这件事，确实跟江炽没什么关系。

要是有关系，倒也好开口了。反正安妮是她的好朋友，什么都知道一点，听她抱怨江炽也不是一次两次。

让初萝低落的始作俑者，是她爸爸初柘。

江炽前些天要走，林英忙着帮他收拾行李。

初柘最近都在家住，知道这件事后，还特地找到初萝跟她说，让她最近不要去人家家打扰，会碍手碍脚。

初萝想笑，弯了弯眼睛。

骤然间，她又觉得心酸，酸得五脏六腑都直冒泡泡。

原来，无论是谁来看，她都是一个可怜的、没有家的小孩子。

在所有场景下，她都是局外人。

哪怕她明明已经长大了、懂事了，也已经很少再往江家跑了，但这种既定印象还是深深烙在所有人心里。

可能是没有发现初萝不高兴，只看到她在笑，趁此机会，初柘连忙又提议："萝萝，元旦你们学校放假吗？咱们一起吃个饭吧，和张阿姨一起。"

初萝一下子没反应过来："张阿姨是谁？"

下一秒，她又重重地"哦"了一声。

初柘尴尬地笑了笑，摸了摸后脑勺："你放心，她真的是一个好人。"

初萝对那位阿姨是好是坏并不感冒，只是觉得自己还没做好心理准备，去接受一个后妈。

思忖几秒，她迂回地假装感叹："这么快啊。"

初柘："不快，不快，只是见个面……没关系的。"

"……"

原来此次见面，势在必行。

为此，初萝又是几天没有睡好，持续失眠。

闭上眼，就会想到小时候的场景。

恐怖。

诡诞。

惊悚。

暗潮在黑暗中流动，张牙舞爪，像是要把一切吞噬。

初萝觉得很害怕，只能打开台灯，斜靠在床头，把江炽上回吊下来的那几颗纸星星捏在手心，翻来覆去地打转，妄图让自己平静下来。

是早就想要忘记的事情。

但无论如何都忘不掉。

人便是由这一个又一个可怕瞬间组成的怪物。

因为晚上睡不着，白天越发觉得身体失温、困顿、没力气，整个人状态也变得很差。

这个真实原因太过复杂，初萝说不出口。

于是，她半张脸贴着桌面，在安妮的注视下，含含糊糊地开口道："没什么啦，因为月考不是马上要来了嘛，我上次期中考考得不好，所以有点紧张……安安，你不要担心，没事的。"

安妮盯着她看了会儿，眼神越发悲伤。

初萝笑起来："安安，你这是什么表情啊。每次你这样看我，我总觉得我好像快死了一样。"

安妮重重打了一下她的肩膀。

"呸呸呸，不吉利。"

初萝："开玩笑的啦。咳咳，亲爱的女高中生，现在请不要搞封建迷信。等过三十年再搞也来得及。"

"……"

胡搅蛮缠几句，话题和气氛总算双双偏离初始轨道，轻松几分。

这时候，初萝也感觉到有点饿了。

她背过手，熟门熟路地在书包最外面那个口袋摸了几下，摸出一颗黑糖话梅，拆开包装，塞进嘴里。

糖分会让身心变得愉悦。

她支起身，从课桌里抽出课本，翻到下午要默写那一页，一边看，一边随意地哼着小调。

声音很轻，但调子十分悠扬。

安妮听了会儿，问："这是什么歌啊？"

初萝愣了愣："什么歌……我也不是很清楚……"

好像就是潜意识里随意哼哼的。

安妮："没歌词吗？"

初萝想了一下，蹙起眉，说："好像是永远多长……永远短暂……"

安妮"哦"一声，揣着手机，去了厕所。

几分钟后，她鬼鬼祟祟地回到座位。

"是有这个歌，歌名叫《答案》。蛮好听的。"

初萝对这个歌名毫无印象，只当是在哪个商场超市随便听了一耳朵，并不在意。

她点点头："知道啦。"

这只是日历里普通的一天。

似乎什么都没有改变。

02

今年农历新年在二月初。

学校一月中下旬就要开始放寒假。

赶在元旦小长假之前，月考分数全部公布，评卷也紧锣密鼓地展开。

各科老师连话术都几乎完全相似："月考只是阶段性测试一下大家这个月的学习情况，重要的还是下个月的期末考。所以这次考得好考得差都已经过去了，大家拿到考卷之后，自己查漏补缺，错题都要仔细订正。别放个三天元旦，就只想着玩……"

很显然，没人有耐心听这些。

虽然小长假只有三天，但对于高中生来说，再短也是假。

放假前夕，人心难免浮动。

明明还是上课时间，底下已经有人嘀嘀咕咕地开始说起小话来。

初萝拿着考卷，长长叹了口气，面如菜色。

安妮探头过来看一眼："还可以啊。叹什么气？"

初萝："比期中考是强一点，但是距离'还可以'还有很远啦……"

她的成绩一直不好不坏，算是中游。

不过，进高中后，不拿手的物化生三科齐齐加大难度，成绩就难免有点跟不上了。

短短一个学期，排名已经从中游落到了中下游。

况且，初柘最近一阵都在家，势必会问起来。初萝都不知道该如何交代。

闻言，安妮安慰她："好啦，别难过……要不然，周末我给你补补课？"

这次月考，安妮排名年级前十五，全班第二。

如果江炽来参加考试，大概差不多也就是这个水平。

两人明明每天同进同出，形影不离，但成绩差距却那么大，想想实在叫人哀叹。

初萝把考卷塞回课桌，脑袋靠到安妮的肩上，低声撒娇："好呀好呀，安安最好啦！最喜欢安安啦！"

安妮轻笑了一声。

"我也最喜欢萝萝啦。"

放学时间悄然而至。

初萝揣着一沓考卷和作业，惴惴不安地回到家。

结果，初柘压根什么都没有问。

或者说，他完全不知道初萝有考试这回事。

父女俩没什么话题，简单吃过饭，也没有多聊，初萝就独自回房间去写作业。

直到临睡前，初柘敲了敲她的卧室门，隔着门喊她："萝萝，睡了吗？"

初萝还在和安妮聊天，闻言，扬声作答："没呢。"

初柘："明天要和张阿姨一起吃饭，别忘了啊。别玩得太晚了，早点睡，精神好一点。"

"……"

刹那间，心情直接荡到谷底。这种感觉，远比月考考砸，更令初萝觉得浑身难受。

原来，她爸爸忘了她的考试，可能是因为明天这顿饭令他心情太过激动吧。

初萝抿了抿唇，打字和安妮匆匆道别，上床睡觉去了。

十分听话的模样。

见面约在假期第一天中午。

因为要和周末连休，这个元旦小长假是以 12 月 31 日作为开始第一天，这也是今年的最后一天。

次日早上，初萝准时被初柘叫醒。

她没什么抱怨，揉揉眼睛，安安静静地起床洗漱、吃早饭，再回二楼去换衣服。

最近，岁聿云暮，北岱市气温已经降至零下十几摄氏度。

天气冷得人失去知觉，好像早就没有冷和更冷之分。

初萝尤为怕冷，每天穿着厚厚的羽绒服，里面还要再穿一个棉外套，叠两件毛衣。

在学校，规定要把头发梳起来，但是私下就无所谓。

她把及腰长发披在身后，像一层天然风挡，再戴围巾和耳套、帽子……整个人裹得严严实实。

临近中午，初柘带初萝开车出门，去和那个张阿姨会合。

三人在一家饭店碰面。

张阿姨到得略早一些，要了个包间，但还是跑到外面来接他们。

一见到初萝，她立马笑吟吟地开口夸奖："这就是萝萝吧？好漂亮的姑娘啊，和你爸爸一点都不像。"

"……"

闻言，初萝抬眼，轻轻看向她。

这个张阿姨三十出头的年纪，脸看起来很年轻，打扮得却蛮成熟稳重，大概也是想给初萝留个好印象。

初萝不得不承认，张阿姨有点漂亮。

平心而论，初柘也算是比较英俊的中年人，年过不惑，依旧能看出五官底子很好。但因为这几年疏于锻炼，整个人比之前略圆润了些，啤酒肚微微凸出，脸型线条也不再干净利落。

站在初柘旁边，张阿姨漂亮得都有些不协调了。

对长辈的事，初萝无法置喙，只能笑笑，顿了顿，礼貌地打招呼："张阿姨，你好。"

张阿姨："好好好。先进来坐下吧。我刚刚翻了翻菜单，萝萝你也来看看，你想吃什么。听你爸爸说，你喜欢喝汤？羊肉锅子可以吗？还是鱼汤呢……"

无论各自心里怎么想，这顿饭，表面看起来还是比较和谐的。

中途，张阿姨还说下午想带初萝去逛逛，给她买新年礼物。

初萝不想去，故意面露难色，随便找了个借口："可是，我和同学之前已经约好了一起跨年……"

张阿姨和初柘对视一眼，没有为难她，就此作罢。

初萝松了口气，赶紧起身离开包间，去洗手间透透气。

五六分钟后，她回到包间门外。

尚未来得及推门进去，倏地，又停下了动作。

初柘的声音从门缝里隐隐约约地传出来："……要不要先和萝萝说一说？"

张阿姨语气嗔怪："不要呀，第一次见面，哪好直接说这种事。"

初柘："你不是想换新房子住嘛。我是想让你和萝萝一起去挑挑，看看喜欢什么样的……"

张阿姨："那也下次再说嘛，反正总得过完年再看的，不着急呀。"

"……"

包间里，话题还在继续，逐渐从"换房"发展到"换到哪个区""什么户型"。

初萝没有进去，转过身，头也不回地再次离开。

室外太冷，羽绒外套还被收在包间里。

初萝不想出去挨冻，转了一圈，在大堂拣了个角落空桌，慢吞吞地坐下。

幸好，手机在身上。

她从口袋里摸出来，解锁。

手指在屏幕上漫无目的地划来划去，一个一个 APP 点开，再一个一个关掉。

困兽一般，找不到可以宣泄的出口。

许久，初萝垂下眼，抿着唇，开始打字发消息。

初萝：安安，下午出来玩吗？

等了一会儿，安妮一直没有回复。

安妮平时住校，周末也很少回家，难得放假，应该是和家人在一起吧。

迟疑半晌，初萝在拨号盘上，按出了江炽的手机号。

这一串数字谙熟于心，甚至不用记在通讯录里，都能倒背如流。

这个她最最最讨厌的人。

是这世界上最了解她，也是她最了解的人。

拨号盘下那个绿色通话按钮，像恶毒王后涂了毒药的苹果，引诱着、催动着人按下去，叫人学会放弃挣扎。

初萝心念微动，手指指腹失去控制。

"嘟、嘟、嘟……"

"哒！"

眨眼间，听筒里传来熟悉的声音，清冷又好听，宛如勾着一抹溶溶月色。

"喂，萝萝？"

初萝手忙脚乱了一瞬，差点失手把电话挂掉。

还好。

要是真挂了，那才显得此地无银呢。

她清了清嗓子，拿起手机："嗯……江炽。"

江炽不知道人在哪里，背后有点吵闹嘈杂，隐隐约约还传来争执声。

初萝懒得找话题当借口，便随口问道："你在哪儿呢？"

江炽低低笑了一声："雪场跳台，准备试试新难度。"

初萝愣了愣："那怎么还能接电话？"

江炽："因为还没轮到我。"

初萝："哦……哦。"

话音落下，两人各自沉默了一候，似乎只余呼吸声，此起彼伏。

初萝揪了一缕头发，绕在指缝间，转啊转啊，勾勾缠缠，牵牵连连，纠缠不休，难以释怀。

最终，是江炽率先打破平静。

他温声问："你在外面吃饭吗？"

初萝"唔"一声，不自觉地蹙眉："那晚你听到了，对吧？"

"嗯。抱歉。"

江炽没否认。

初萝反倒是笑了笑，小声嘀咕："有什么好抱歉的……阿炽，谢谢你的星星。不过，折得还是很丑。"

她已经有两年没有叫过"阿炽"了。

见了面，总是撇清关系似的不吭声。

如果是必须要称呼的时候，就连名带姓地喊"江炽"，疏离得小心翼翼，自以为不露痕迹。

再叫出口，自己都有些不好意思。

江炽很淡定，好整以暇地接受："不仔细看看不出来的。"

初萝无语凝噎，只好"喊"了一声，表达不屑。又在心里算了算时间，觉得初柘估计快要出来找她，便趁此机会同江炽作别。

"你先去忙吧。挂了。"

江炽喊住她："萝萝。"

初萝动作一顿，将手机重新拿到耳边："嗯？"

江炽："如果觉得很辛苦的话，就吃一颗糖。"

常年的默契，让两人说话无须解释太多。

对方的意思好像都能立刻明白。

闻言，初萝眼圈立马红了，用力攥住拳，才能保持声音不哽咽："……糖已经吃完了。"

糖吃完了。

可是她还是觉得苦。

江炽："等我给你买。"

初萝折回包间。

甫一推开门，刹那间，初柘和张阿姨的目光齐齐投向她。

初柘有点不满："萝萝，你跑哪里去了，去那么久。"

初萝垂着头，也不看他，径直开始收东西、找外套："同学的电话。我要先走了。"

初柘："现在就要去了吗？不是说晚上跨年吗？饭还没吃完呢。"

张阿姨连忙拦他："啊哟，萝萝有自己的同学朋友啦。难得放假，小孩子让他们自己去玩好了。没关系的。萝萝，快去吧，别让同学等急了，路上注意安全啊。"

初柘不驳她面子，也当即松了口："那你就去吧。晚上早点回。如果来回不方便的话就给爸爸打电话，爸爸开车过来接你。在外面玩安全第一啊，知道吗？"

初萝点点头，匆匆同两人道别："爸爸再见。张阿姨再见。"

她大步走出包间。

包间门在她身后缓缓关上。

或许是因为年久失修，抑或是为了顾客出入安全，那扇门看起来很重，开合速度很慢，有种电影画面的戏剧效果。

初萝回过头去。

门缝正在一点一点缩小。

但这个视角恰好能看到张阿姨的脸。

她正在同初柘说话，一张脸看起来漂亮又温柔，还有点少女似的娇艳。

下一秒，仿佛是感觉到了视线，张阿姨抬起头，看向门这边。

门紧紧合上前，最后一幕，是她对着初萝微微笑了一下。眼神里是一点几不可见的怜悯。

"……"

初萝骤然回过神来，不再多看，只自顾自地快步走远。

走出这条走廊后，她不受控制似的开始小跑起来。

身体一动，呼吸也变得越来越急促。

快逃。

快点逃离这里。

…………

初萝在商场里逛了一圈，买了几本书，实在觉得无所事事，干脆独自回家。

家里安静得不像话。

大概是因为初柘觉得初萝在外面跨年，便也和张阿姨一起去过二人世界了，没有回来。

这样刚好。

昨天睡得不怎么样，今天还起得早，初萝早就觉得有点困顿，直接躺到床上，继续补觉。

不知道过了多久，楼下传来门铃声。

初萝迷迷糊糊地睁开眼，先习惯性地看了一眼手机。

屏幕时钟显示已经傍晚五点多。

窗外，天色基本黑透，唯有月光明亮如镜子。

门铃还在响。

初萝只能爬起来，趿着拖鞋，"噔噔噔"地跑下楼去开门。

客厅就有可视门铃。接通后，可以看到大门外有个快递小哥。

"请问，这里是初萝女士家吗？有您的同城快送。"

初萝挠了挠头，不明所以："放在门口吧。谢谢你。"

等快递小哥离开，她才飞快地跑出去，穿过庭院，到大门外拿了快递。

送来的是一个非常重的纸箱，拿在手上沉甸甸的。

纸箱上印有标识，来自北岱一家大型商超。

初萝用剪刀拆开纸箱，随手一晃。

"哗啦啦！"

里面滑出来各式各样的糖果和巧克力，种类齐全，宛如把整家超市的糖果区尽数打劫过来。

此刻，木地板最近处，躺着一包黑糖话梅。

红黑配色的外包装。

鲜艳夺目。

明晃晃地映入清澈的眼眸中。

初萝盯着看了一会儿，放下剪刀，双手捂住脸。

再讨厌，江炽也是她中的彩票。

刮开，不是"谢谢惠顾"，而是"恭喜您中了一等奖"。

对初萝来说，他是这样的彩票。

元旦结束，初柘再次外出工作。

临走前，他说这次要到农历过年前才能回来，大约要大半个月不在家。

对此，初萝早就习以为常，只"哦"了一声："知道了。"

"……"初柘的表情看起来欲言又止。

初萝："爸，还有什么事吗？"

问完，她自己先顿了顿。

……应该是想和她说换房子的事情吧。

张阿姨在场不好说，初柘可能是想私下同她商量。

自己该怎么回答呢？

初萝在心里揣测了一会儿，又想了几个反应方法。

没想到，初柘还是没有说。

他只是摸了摸她的脑袋，摆手："没什么。萝萝，一个人在家要注意安全，有事就给爸爸打电话。如果有急事的话，可以先上去找你林阿姨家帮忙。"

初萝："……哦，好。"

初柘："钱不够的话，微信问我要。走了。"

初萝叹了口气，目送着初柘离开。

他这次回家，自始至终，没有问一句关于她成绩的事情。

小时候，初萝尚不懂事，一直盼望着能快快长大。

长大多好啊。

不再受家长管束，可以随心所欲，不用早起、不用上学，可以自由自在、无拘无束，想去哪里就去哪里，连忧虑都显得成熟珍贵。

到现在，初萝终于明白，有些人，无须长大，却始终自由。

因为，彩票只有一张，能刮出来的幸运是有限的。

孤独才是生命的主旋律。

03

一月中旬。

北岱一中第一学期期末考试正式开始。

时间紧科目多，考程安排得紧锣密鼓，叫人觉得喘不过气来。

考前两周，安妮帮初萝突击了一下，主要针对一些基础公式和几个重点题，再让她抽空重刷一遍错题集。不求触类旁通举一反三，只为能给她期末考多争取几分，思路相当清晰。

不知道是不是心理作用，拿到几门理科考卷时，初萝确实觉得题目比之前顺手许多。

自然，分数也比上回月考和期中考高了不少。

班级排名往前窜了七八名，总分回到了中游水平。

分数下来后，初萝长长松了口气，顿了顿，又转身抱住安妮，感慨："安安，我好爱你啊！你太厉害了！"

安妮还是不动如山，拍拍初萝的手臂，嘴角天生微微上翘，声音温和柔软："好啦，这下你总能过个好年了吧。"

闻言，初萝怔了怔，默默松开她，讪笑一下："……本来也没什么关系。"

初柘应该没时间关注她太多。

前一阵，完全就是她自己庸人自扰。

安妮没有追问，想了想，兀自转开话题："你和江炽呢，最近怎么样啦？有没有吵架？我前几天在办公室听到老师说，他这回比赛拿了金牌啊，厉害的。"

上周，江炽比赛结束，也回到学校参加期末考试。

这个讨厌的家伙，明明缺课那么多，明明一学期都上不了几节课，文化课成绩居然一点都没有下滑，依旧和安妮差不多，排在班级前几名。

可见，这世上有些人，就是能轻而易举地做好所有事，旁人眼红也没办法。

思及此，初萝撇了撇嘴，嘟囔："江炽关我什么事呀……哼。"

不过，因为江炽，立马联想到了另一桩事。

她扭头看向安妮。

"安安，下周咱们不是就放寒假了嘛，你有什么安排吗？"

安妮狐疑地"嗯"了一声，思索片刻，摇头："没有什么安排啊。怎么了，是要约我一起去上补课班吗？"

初萝摆手："什么呀，你把我当什么人了，我又不是什么学霸。我是想邀请你来我家玩呢。"

她的家。

住了快十年的家。

或许，过完年之后，那里就不再是她的家。

有些事与愿违，似乎是必然会出现的命中注定。

在这个十六岁的尾巴、十七岁的开端，初萝无力改变时间前进的轨迹，再郁悒，也只能顺从地被推着往前走。

她笑着对安妮说："从来没有朋友到我家来玩过呢……哦，除了江炽。你是第一个。"

所以，拜托拜托，不要拒绝我。

安妮答应得十分爽快："好呀。"

初萝眼睛一亮："那一起住一晚可以吗？我爸不在家，家里没有别人。"

安妮："可以啊，不麻烦的话，我没问题。"

期末考试卷分析结束，各科老师把作业发到同学们手上。

北岱一中的寒假，正式开始。

安妮是住校生，寒暑假前都要先收拾宿舍，把行李先拿回家去。初萝便和安妮约在假期第一周的周四见面。

时间宽裕，她还能先去采购一点零食饮料。

完美。

周四是个大晴天。

冬日暖阳笼在人身上，虽然心理上感觉舒服，但气温却不会骗人。

零下几摄氏度，还是冷。

安妮发消息来，说还有十分钟左右就到。

第一次有好朋友来玩，初萝心情激动，缩了缩脖子，犹豫数秒，还是戴上围巾帽子，全副武装，决定去小区门口接安妮。

她家这个方向几排都是叠拼别墅，和另一边高层区不同，门牌号设计得非常不连贯，东一榔头西一榔头的，不熟悉的可能会迷路。

出门时，初萝恰好撞见江炽拎着垃圾袋下楼。

两人对上视线。

初萝愣了一下，动了动嘴唇，想要说什么。最终，她还是把什么话都咽进肚子里。

倒是江炽，喊她："萝萝。"

初萝："……啊。"

江炽退了两步，折返回楼梯那边，一边说："你等一下。"

闻言，初萝刚想说"我还要去接人"，江炽已经上了楼梯，走过拐角，看不见人影了。

她踟蹰数秒，还是默默停在原地。

幸好，江炽人高腿长步子大，下来得很快。不到半分钟，人又重新回到她面前。

他眯了眯眼睛，淡声问："你要出去吗？"

初萝："没有，我去接安妮。你叫我什么事啊？"

江炽没有回答，只垂下眼，自顾自地说："刚好，我要出去丢垃圾，一起走吧。"

两人家这栋楼斜角就有垃圾桶，但江炽并没有从小路拐过去那里，而是跟在初萝旁边，走了老长一段，将近走到小区大门口。

全程没人说话，但气氛也不尴尬。

直到遥遥能看到保安室，江炽终于停下脚步。

他往那里望了几眼，低头："你朋友到了吗？"

安妮也看过去："应该还没到，我去那边等她。"

"行，那我先走了。有什么事就上来找我。"说完，江炽牵了牵唇，空着的那只手在口袋里摸了一下，变魔术一样掏出一根吊绳。

他抬手，套圈似的，精准将那根吊绳套在初萝的脖子上。

初萝一怔，立马低头去看。

吊绳很粗，也很长，尾端挂了一块奖牌，金灿灿的，落到她胸口下的位置，一下就能感受到重量。

"……"

江炽刚刚是上去拿这个了啊。

初萝将那块金牌拿起来，指腹轻轻摩挲了两下，脸上不由自主地露出一点点笑意来。

正此时，不远处骤然传来一声呼唤，打断她的愣神。

"萝萝！"

初萝抬起头，循声望去。

安妮正站在铁门附近，冲着她遥遥挥手。

"安安！这里！"

初萝笑起来，大步朝她走去。

两人顺利会师。

初萝脖子上那块金色大奖牌还没来得及拿下来，看起来不伦不类的，果然，第一眼就吸引了安妮的注意。

安妮伸出手，摸了摸那块金牌，随手拨弄两下，又没了兴趣。

"这是江炽送给你的。"

语气是肯定句。

初萝一顿，猜安妮刚刚应该是看到了江炽的背影，挠了挠脸，颇有点不好意思。

她点头："啊。嗯。"

"真好。"

安妮笑得眉眼弯弯，表情像是促狭，又像是没什么深意。

因而，虽然她什么都没问，但初萝还是在带她往自己家走的路上，"顺嘴"解释了几句："安安，你别多想啊。这可不代表什么，这是江炽以前答应我的，是我们的约定。但凡是个靠谱的人，就该遵守约定嘛。君子一诺，重千钧。"

初萝生怕她不相信，还仔细讲述了一下约定过程。

前些年，那时候初萝还在练花滑。

因为年纪小、天赋不差，也已经练了几年，便准备往专业运动员这条路上走走看。

哪想到，突然某一天，教练和初柘一同被医生叫去，仔细商谈了许久。

初萝的医生认为，她身体不好，并不适合继续从事花滑这类运动。

很快，教练被说服了。

初柘则是向来无所谓的态度，什么都随女儿高兴。不过医生说有危险性，他当然是不可能让初萝继续冒险。

无论初萝怎么哭闹，都无法改变大人们的决定。

"……我特别特别不甘心，然后，就闹绝食抗议啦。整整两天没吃饭，厉害吧。"再说起往事，初萝笑笑，仿佛早已毫无芥蒂，"后来我饿得躺在床上起不来，眼冒金星的时候，江炽来了。"

江炽带来了他得过的所有奖牌。

那时候，江炽已经在单板少年组崭露头角，各类赛事都刷了一轮，成绩十分亮眼，勉强算得上超级新星。

他的奖牌奖杯奖状，大大小小，堆在一起，能装一大袋。

那个袋子就被随手扔在初萝的房门口。

江炽站在门边，人没进来，只是敲门。

他喊她："萝萝。"

初萝："……"

江炽："听叔叔说，你很想参加比赛，但是医生说你参加不了。"

初萝整个人有气无力，听到这话，还是差点被他气哭了。

没想到，下一秒，江炽便慢条斯理地接着往下说："以后我的奖牌全部分你一半。"

"……"

"奖金也分你一半。"

初萝撑着床，一点点坐起来。

她扭头，静静地望向门边、江炽所在的方向。

四目相对。

这个少年，此时仍是个半大孩子，还没有长成后面那玉树临风的模样。

他与她分享自己的零食、糕点、空调、游戏机。

也分享自己的家、自己的父母，还有自己得到的爱。

他试图与她分享一切喜怒哀乐，试图拯救她所有的不甘心。

江炽。

江炽。

对初萝来说，他就像他的名字一样，散发着阳光的炽热，照亮她的世界。

年少的初萝以为，江炽就是她的救赎。

聊天的工夫，院门已经近在眼前。

初萝从口袋里摸出钥匙，顿了顿，语气有点低落下来："可是……我哪能真要他的钱啊。"

连这块金牌，组委会资金有限，都只不过是镀金的。

而已。

两人走进小院。

初萝指了指自己家门："我家是这里。"又指了指另一边的室外楼梯，"江炽他们住楼上。"

安妮似乎并不觉得新奇，甚至没有仰头多看几眼。她只是点点头，表示了解。

也是，叠拼邻居而已，是没什么值得惊讶的。

"走吧，外面好冷哦。"

说完，初萝领着安妮进门。

她平时不怎么待在客厅，但为了迎接安妮，昨天晚上也简单打扫了一下，这会儿看起来一尘不染。

再加上外面没放什么杂物，生活痕迹不明显，便无端显得清冷寂寥。

初萝走在前面，自己先扫了一眼，再扭头看向正在换拖鞋的安妮，开口："安安，你要不要参观一下？不过家里没什么东西……要不然，还是去我房间玩吧？零食车也在楼上。"

安妮点头："好呀。"

初萝松了口气，快步走进厨房，从冰箱里扫了几盒酸奶饮料，还有各色水果，一起抱在怀中，这才带着安妮上楼。

二楼明显比一楼温馨很多。

走廊上铺了厚厚的长毛地毯，不穿拖鞋踩上去非常舒服。

走进卧室，初萝先将手上的东西放到一边，再把脖子上挂着那块奖牌摘下来，妥帖地收到抽屉里。

这个抽屉专门用来收奖牌和奖杯。

毫无疑问，荣耀全部来自江炽。

两人各拿一半，也就是说，他原本能有两抽屉那么多。

真厉害啊。

江炽。

厉害得让人讨厌。

初萝抿了抿唇，随手合上抽屉，把感慨抛到脑后，转身去找安妮。

安妮正坐着她的懒人沙发，熟门熟路地打开了投影，开始挑挑选选。

"看电影吗？"

"好呀。"

"你想看什么？"

"都行。"

初萝眼睛弯成一道月牙，心情非常好。

和好朋友一起窝在房间里看电影，这是什么青春电影的场景啊。

她已经幻想过无数次，此刻，终于得以实现。

这种时候，无论安妮说什么，初萝大概都会回答"行"。

安妮无语地瞥了她一眼，继续问："惊悚类的行吗？"

初萝："行。"

很快，投影右上角跳出一行中文小字，显示电影名字——《致命 ID》。

初萝看了一会儿，起身，去拉上窗帘。

房间骤然昏暗下来。

她回过头，看了一眼安妮。

投影光线明明灭灭，擦过安妮的耳郭和脸颊，投射进瞳孔之中。

这双桃花眼，实在漂亮。

初萝怔了怔，倏地，低声开口："……说起来，你坐的那个懒人沙发，还是我从江炽那儿抢来的。"

安妮专注地看着投影，眼睛都没眨一下，只随口答道："很正常，青梅竹马嘛。"

这四个字确实能表达很多羁绊。

初萝深以为然。

两个半大孩子凑在一起，午饭当然得用肯德基应付，才能算皆大欢喜。

时间过得很快。不知不觉，电影走向终幕。

片尾跳出来，初萝还有些意犹未尽，扭头："安安，要不要再看一部？"

安妮站起身，顺便收起吃肯德基留下的垃圾袋，准备带去楼下："算啦，聊聊天呗。我先去洗个手。"

"好。"

初萝点头，目送她开门出去。

刹那间，卧室一下子安静下来。

初萝摸了摸手臂，不知道为什么，微微瑟缩了一下。

明明房间里有暖气，按理来说是一点都不会冷。

她蹙了蹙眉。

没来得及多想，楼梯那边传来安妮的声音："萝萝——"

初萝赤着脚，赶紧"哒哒哒"地跑到走廊上，半个身子趴在楼梯口，探头往下张望。

"怎么啦？"

安妮继续喊："你家没有水果刀吗？"

初萝："你要干吗用呀？"

安妮："削苹果呀！"

初萝回过头，看到地毯上放了果盘，里面有几只苹果，正是她刚刚从冰箱里拿上来的。

她"哦"了一声，穿上拖鞋下楼。

安妮人站在厨房料理台前，目光认认真真真地搜寻着。

见初萝过来，安妮的语气十分惊讶："……你家居然一把刀都没有吗？剪刀都没？"

初萝"啊"一声："有啊……我自己在家的时候，还会自己做饭呢……"

话虽如此，可是，放刀具的架子上，真的一把刀都没有。

她也看到了。

登时，未尽之言卡了下壳。

脑海里闪过一帧画面，主角穿着白大褂，是很熟悉的那个医生。

医生说的话断断续续的，像是被某种信号屏蔽，只能勉强听到几个关键字。

"……刀具……危险……萝萝年纪小……"

"一个人住的话……还是不要……"

初萝垂下眼，眉头紧皱，屈指，用力捏了捏眉心。

安妮被她吓了一跳，连忙问道："萝萝？你怎么啦？哪里不舒服吗？"

初萝没说话。

半晌，画面如雾气般散开，再追不到踪影。

她回过神来，讪讪笑了笑，哑着嗓子摆手："没事。应该是我爸元旦的时候回来，怕我自己切菜不安全，把刀都收起来了吧。"

安妮还是担忧地看着她，眼神里是个阴天。

初萝："真没事。没就算了，咱们直接洗洗拿着啃吧。"

冬日，北岱天黑得很早。

两个女孩打算说一晚上悄悄话，早早洗漱完爬上床去，肩并肩靠在一起。

初萝手上拿了一本相簿，是刚刚安妮说要看的，才从柜子深处找出来。

翻开第一页。

第一张就是她和江炽的合照。

照片上，他们俩看起来都只有七八岁，身高差不多，也差不多瘦。站在一起，真像一对双胞胎一样。

两人都在笑。

小初萝笑得见牙不见眼，十分明媚的样子。

相比之下，江炽则是要更内敛一些，若是和现在相比，明显帅哥包袱还不太重。

初萝仿佛也被照片中人感染，牵起唇。

想了想，她将照片抽出来，又端详数秒。

"这张照片应该是林阿姨……哦，就是江炽的妈妈，带我们俩出门去吃必胜客。当天我俩吵了一架，因为零花钱丢了，但是不知道是谁弄丢的。林阿姨就一人给了我们十块，让我们各自买喜欢的东西去。"

说着，初萝又把照片翻到背面。

"我喜欢在照片后面写一些字，这样不会忘记……你看我写的，'钱就是阿炽弄丢的'。江炽这个讨厌鬼，敢做不敢当。"

笔迹很稚嫩。

"炽"还不是很会写，写成了"火只"。一看就是孩子的字迹。

安妮被她逗笑："真好。"

下面几张还是初萝和江炽的合照。

翻过来第二页、第三页……也都是。

照片完整记录了两人一起长大的光阴，又被人收进相册，妥帖保存。

初萝又拿了一张合照出来，随便往后一翻。

这张也写了字。

——好想快点长大。

她叹了口气，把照片放回去，低声喃喃："小时候，我就想长大，因为长大了能做很多事。比如说能一个人住，晚上不会害怕。或者，长大之后可能会变得厉害一点，身体好一点，不会再经常生病。"

安妮静静地听着。

初萝抿了抿唇，望向窗外。

月光微凉。

远处的云杉树影影绰绰。

一切都好像是梦中的场景。

顿了片刻，初萝才继续说下去："有时候，我经常会想，明明是一起长大的朋友，为什么江炽这么幸运，什么都比我幸运。他长得好看，成绩好，滑雪又厉害。那个教练曾经说过，他是万里挑一的天才，注定是要进国家队，去拿奥运冠军的。"

相比之下，她竟然平庸得一无是处。

"要说讨厌江炽，其实并不太准确。我是羡慕他。"

这个夜晚，仿佛打开了潘多拉的魔盒。

初萝心思敏感，压抑得太久，没有人可以诉说。难得有机会，便试图想要一下宣泄给安妮听。

"……我羡慕那么多人都喜欢他，想和他做朋友。也羡慕他从小身体好，没病没灾的。

"最重要的是，他有一个那么完美的家庭。林阿姨、江叔叔，他们都是很好很好的父母，也是很好很好的人。"

说到最后，初萝已经近乎喃喃自语。

安妮眼神温柔，轻轻拍了拍她的肩膀，温声道："萝萝，别哭。会好的，我们很快就会长大了。"

闻言，初萝抹了下脸，再朝安妮笑一下。

她非要嘴硬："没哭呢。"

安妮点头，顺着她的意思："好，没哭。是灰尘进眼睛了。"

初萝扭脸看安妮，径直岔开这个有点丢脸的话题："安安，你都不好奇，为什么我从来没讲起过我妈妈吗？"

之前初萝就发现了，安妮和这个年纪的女生不太一样，好像完全没有好奇心。

安妮想了一下，反问："你希望我好奇还是不好奇？"

初萝："你是不是知道？你看过那个新闻，是吗？"

十年前，那个闹得沸沸扬扬的新闻，上过报纸，还上过地方电视台。

北岱是个小城市，常年寒冷，地产贫瘠，也不算什么旅游胜地，人流不流通。因而，只要谁家发生一点点小事，很容易就一传十、十传百。

流言蜚语散播开来，很快，搞得尽人皆知。

初萝从小最讨厌北岱这种小城市。

因为这里好像没有秘密一样。

哪怕她搬了家。

哪怕事情过去许久。

总会有人记得。

她直直凝视着安妮的眼睛："你知道，对不对？"

十年前，初萝的母亲罗挽青，在家中浴缸里割腕自杀。

初萝是第一发现人。

那一年，她年仅六岁。

…………

安妮将相册从初萝手中抽走，随手放在旁边，轻轻地拍了拍她的脑袋："萝萝，睡觉吧。什么都别想。"

初萝眼神有点迷茫，愣愣地看着安妮。

安妮爬下床，把房间窗帘全部拉上。

视线略过远处那些云杉树，却压根没有多看一眼。

接着，她又去关了顶灯。

刹那间，整个空间昏暗下来。唯留床边一盏小台灯，幽幽地散发着昏黄的光。

安妮回到床上，拉起被子，半躺下："……别想了，醒醒。"

直到此刻，初萝终于回过神来。

对于自己刚刚的失态，她相当不好意思，羞赧地揉了揉眼睛。她的声音依旧带着湿气，为了掩饰，开始漫无目的地胡说八道："你刚刚叫我睡觉，现在又叫我醒，到底要睡还是醒嘛……"

安妮低低地笑："我希望你醒来，不要沉溺在回忆里。但也希望你快点睡着，明天又是开开心心的萝萝。"

初萝嘟嘴："这是什么绕口令吗？"

不过，安妮身上有一股让人安心的熟悉味道。

不急不缓、井井有条。

说什么话都显得很有说服力。

初萝深吸了一口气，整个人往下一缩，几乎全部缩进被子里，只留一截额头在被子外面，静静贴在安妮的手臂上，若有似无的。

她小声开口："安安，关一下灯好不好？"

"啪嗒！"

黑暗陡然变得浓稠，密不透风地裹挟着空气。

初萝闭上眼，平复好心情，声音婉转轻柔，继续讲述那段令人恐惧的过往："我妈妈，说实话，我其实已经有点不记得她的长相了……"

书上说，人类开始储存记忆，大约是从三岁起。

但初萝从记事开始，似乎就一直有点害怕她妈妈罗挽青。

罗挽青是一个很漂亮的女人，这种漂亮是不带任何主观色彩的。

虽然，时常也会有人夸奖初萝长得漂亮，大眼睛双眼皮，尖尖的下巴，天生冷白皮，白得像是会发光，身形修长消瘦，符合世俗意义上"漂亮"这一既定准则。但，因为她是罗挽青的孩子，所以可以说这场基因遗传并不算太成功。

那个张阿姨和罗挽青相比……基本没有什么可比较性。

罗挽青和初柘结婚，甚至会让人怀疑，初柘到底是用了什么手段，才能追到这样一个美女。

只不过，初萝没有机会见到自己妈妈艳光四射的模样。

生了初萝之后，罗挽青变得沉默寡言，总是把自己关在房间里，板着脸，不说话，不出门，也不怎么吃饭。

等到初萝摇摇晃晃地长大，两三岁，能走路、能说话了，罗挽青状态越发不对劲，逐渐开始有点疯疯癫癫起来。

她不想家里有生人，强硬地辞退了初柘请来的阿姨。

为此，夫妻俩还大吵一架，吵到砸掉了房间里所有的灯具。

每天，在初萝睡觉前，罗挽青都会走进她的卧室，坐在她床边，目光沉沉地看着她。

初萝还是个小孩子，被妈妈这种不动声色的冷酷模样吓得不行，每次都被吓得哇哇大哭。

最后，总是以初柘把小初萝抱出来，作为收场。

渐渐地，小初萝就不敢再和罗挽青对视。

不敢看她的脸、她的表情。

甚至不敢和她说话。

到初萝五岁多时，罗挽青看起来似乎比前几年好了不少，偶尔会出门逛逛街，然后买一些奇奇怪怪的东西回来。

带回来的大多不是衣服，也不是饰品包包。

最多的是一些小摆件，金属的、复古的、纯木的，样子奇形怪状，很难分辨具体用途。

比较夸张的一次，罗挽青买了一面铜镜回来，放在客厅里。

那面铜镜像是在电影里才会出现的东西，镜面比人还高，四周雕刻着繁复精致的花纹。

初萝还清晰地记得铜镜的样子。

因为很稀奇，她站在镜子前看了好久。

但买回来第二周，罗挽青再次和初柘爆发了口角。

这回，初柘砸掉了那面铜镜。

因为罗挽青说，让他照照镜子，看看自己人面兽心的模样，让他记住自己有多肮脏龌龊之类。

总归，用词相当激烈。

"……我那时候不懂她的意思，后来长大一点，明白了，就以为我爸是不是出轨了或者做了什么对不起她的事情。但是我偷偷查了一下，又似乎并没有，只是她精神不好，浑浑噩噩，在无中生有。"

再后来，初萝的记忆就变得断断续续。

可能是因为没什么紧要事件。

也可能是因为，没过多久，罗挽青就在家中自杀了。

罗挽青用的是一把很长的西瓜刀。家里本来没有这种刀，大概是她偷偷去买的。

浴缸里放满了水。

她躺在浴缸里，用那把刀割开了自己的手腕……血水溢出浴缸，滴滴答答地流了一地。

初萝从幼儿园回到家，看到的就是这一幕。

时间一长，血液已经不再鲜红。但整个视线还是被血雾覆盖，仿佛生来只能分辨得出这种殷红颜色。

她在浴室门口，面对着这个画面，呆站了整整半个小时，大脑完全是一片空白。

"……电视剧里不是经常会有那种情节嘛，骗孩子说死去的人是去了天上，变成星星之类的，因为小孩子的生死意识淡薄，也不太能理解其中深意。但是，我好像不是那样的。"

她很清楚，妈妈死了。

她应该要做点什么的。

可是，好可怕。可怕到她好像一下子变成了冰雕，一动都动不了，也发不出任何声音，去求助或是做点别的什么举动。

初萝回忆着过去，不由自主地紧紧抱住双臂，整个人蜷缩成一团。

她吸了吸气，停顿良久，才再次低声喃喃道："其实那天早上，去幼儿园之前，她难得地给我倒了一杯牛奶，讲话也突然变得很温柔。

"她问我：'萝萝，等会儿想不想和妈妈一起去一个地方？'

"可是我害怕她，我不敢和她一起出门，我怕她砸东西，怕她尖叫，所以我说我要上幼儿园，去不了，想等周末和爸爸一起。

"然后她就说好，说下午她会来接我放学……她从来不会送我上下学的，都是阿姨来接送我。那天，我在门口，和阿姨一起等了她很久，她一直没有来。"

初柘工作忙，天天早出晚归，罗挽青又不愿意出门。

初萝自从开始上幼儿园起，都是初柘拜托一个远房亲戚来帮忙接送，他每个月给人家发红包。

但那个亲戚很讨厌罗挽青，每天都是在家门口接了初萝走，放学也只把她送到门口，从来不走进去，不和罗挽青打照面。

这么多巧合撞到一起，使得一个六岁的小女孩，独自面对了那一幕。

"后来很多人来了。警察、记者，还有很多陌生人，所有人都问我那天发生的事情，让我一遍又一遍地重复。真奇怪，好像死了之后，所有人都开始关心她。明明她没有朋友，也没有亲人。"

罗挽青父母早亡，结婚后，因为不愿意让初柘帮那些小辈安排工作，她与家中亲戚也已尽数断绝往来。

初萝一点点将整张脸都埋进了被子里，这下，说话声音也变得闷闷的。

"我也一样。我和她一样。因为这件事，所有同学朋友的家长都希望他们的孩子不要和我来往，他们说她有病、说她是疯子，而精神疾病是会遗传的。"

流言蜚语传播的速度总是很快。

初柘受不了邻居的异样眼光，也不敢继续住在那套房子里，带着初萝匆匆搬家。

然后，江炽来了。

　　初萝唯一的，也是最最最重要的玩伴，终于姗姗来迟，出现在她的生命里。

　　安妮全程没有说话，一直静静地听。

　　直到初萝说完，安妮才抬起手，轻轻拍了拍凸起的被子，声音含笑："没关系，我不害怕。萝萝，我会一直和你在一起的。"

　　初萝也跟着笑了一声，打趣道："如果我是小说里身世可怜的女主角的话，你刚刚那句话就该是男主角说的。安安，你抢了男主角的台词哎。"

　　安妮无语凝噎，好半天才说："还男主角呢……睡吧你，梦里什么都有。"

　　"晚安。"

　　"嗯，晚安。"

　　翌日。

　　天气预报说晚上有降雪。

　　吃过午饭，安妮帮初萝一起收拾房间，打算傍晚就回去，希望能赶在下雪前到家。

　　但说是收拾房间，其实也就是聊聊天，顺手把一些东西归位。

　　"萝萝，你这本相册，原本是放在哪里的啊？"

　　闻言，初萝从旁边走过来，接过相册，拉开柜子，往里一塞。

　　"嗯？"

下一秒，她的目光在底下一个小箱子上停顿了一下。

这个箱子卡在最深处，被一些杂物覆盖，要不是突然想起来去拿了老相册出来，平时压根不会注意。

神奇的是，上面居然还带了一把密码锁。

但她完全没印象。

难道是初柘放在她这里的？

不过，因为安妮还在和她有一搭没一搭地说话，初萝没有打算一探究竟，看了几眼，就关上了柜门。

"萝萝，怎么啦？"

"没事。"

第三章 / 眼泪成诗

「一个能够升起月亮的身体，必然驮住了无数次日落。」

——余秀华《荒漠》

01

放假时间过得飞快。

农历新年一天天临近。

转眼，到小年前一天，有人到初萝家来敲门。

因为别墅外面还有大门，陌生人需要按门铃，没法直接到房门这里。所以无须猜测，只要是直接敲门的，必定是拥有大门钥匙的楼上邻居。

初萝低下头，确定自己这厚睡衣穿着还算齐整，再理了理头发，这才趿着拖鞋去开门。

门外果然是江炽。

天寒地冻，江炽身上只穿了一件白色高领毛衣，外套则是拿在手里。

毛衣材质看起来很柔顺，版型也好，衬得他肤白貌美，清瘦高挑。刘海微微耷拉下来，一双桃花眼含情若水，唇红齿白，整个人相当精致且极具少年感。

初萝被他背后的阳光晃了一下眼睛，不禁怔了怔。

江炽伸手，在她眼前摆了摆："萝萝？"

"……"

初萝回过神，意识到自己居然在看着江炽发呆，脸颊"噌"一下烧起来。

她顾不上解释什么，连忙避开对方的目光，让开身位，让他先进来。

外面实在太冷了。

江炽熟门熟路地走进玄关，再反手合上门。

初萝后退几步，攥紧手指，勉力稳住心神，面不改色地问："……有什么事吗？"

江炽："我要去集市买点东西，你去不去？"

北岱是一个极具地方风俗的城市。

到过年前后，家家户户都会去赶大集，也算是年俗之一。

初萝小时候最喜欢这个活动。

集市里热热闹闹，人头攒动，林英一手牵着她，另一只手牵着满脸不情愿的江炽，带着他们穿梭在人流里，时不时买些小玩意儿和零嘴给他们俩。每样都是一人一份，无论两人喜欢不喜欢。

到回家前，初萝和江炽各自手上大半会拎着红灯笼和对联贴画，另一只手则是拿糖葫芦和棉花糖，或是造型别致的糖画面人之类，头上再顶点奇奇怪怪的头饰，看起来滑稽又可爱。

加上两个孩子都长得好看，一路上，还会引来不少注目和夸奖。

……这么想来，往昔，似乎也不仅仅只有恐怖阴霾，还有很多珍贵而温暖的记忆。

初萝垂下眼，不自觉地陷入沉思。

许是因为迟迟没有得到答案，江炽又柔声问了一次："萝萝，去不去？"

初萝沉吟片刻，仰头，与江炽对上视线。

"去。"

斗转星移，事事变迁。

孩子总会长大。

萝卜丁一样可爱的小朋友，渐渐地、猝不及防地，变成了清瘦高挑的少年和亭亭玉立的少女。

没有林英带队，初萝和江炽也没有找不到地。

两人肩并肩，熟门熟路地一同踏入人流之中。

幸好，集市上人多摊也多，七嘴八舌、吵吵嚷嚷。入目处，一大片一大片红色，年味十足。其中不乏一些年轻人，两人并不会显得太格格不入。

初萝左看右看，目光在各种摊位上流连。

虽然年年来，但依旧看什么都觉得稀奇。

因而，脚步便逐渐慢下来，一步一顿，还时常驻足不前。

江炽也不催促，慢吞吞地跟在她旁边。

远远看着，两人竟像是背着家人偷偷出来约会的小情侣一样，有种奇妙的暧昧磁场在悄悄涌动。

逛了好一会儿，初萝总算想到正事。

"你要买什么？怎么不去买呀？"她回过头，小声问江炽。

江炽想了想，开始慢条斯理地一一细数："水果、贴画、花种、烟花……"

听起来都不是很重要的东西。

不过，江炽家本来什么都不缺，大抵也就是凑个热闹。

初萝点点头："我看看哪里有。"

说完，她随意一扭头，猝不及防，径直撞到了后面一个大爷。

江炽立刻伸手拽住她的肩膀。

但初萝还是吓了一跳，条件反射般地连忙道歉："不好意思不好意思……"

那大爷倒是好脾气，乐呵呵地笑："没事没事。人多，小姑娘当心一点咯！"

这会儿，初萝才注意到，大爷手上拿了一把绳子，绳子上绑着气球，飘飘荡荡地浮在半空。

因为数量不少，离得近，很有点遮天蔽日的效果。

这些气球和普通气球不太一样。这些气球有两层，球体半透明，外面一层造型各异，里面还有一个小气球，做了各种小动物模样，做工很是精致可爱。

两层气球之间，还放了一只小铃铛，在空隙里滚来滚去，只要稍微动几下，就会发出清脆悦耳的声音。

初萝又被这把气球吸走了目光。

大爷很会做生意，看她有兴趣，立马开始推销："小姑娘喜欢这个气球吗？十五块一个，二十五块一对。看你长得可爱，给你算便宜点，二十块一对。"

初萝尚未来得及答话，身旁，江炽偏头看她："你想要吗？"

她迟疑数秒，从口袋里摸出钱包："那就拿一对吧，要粉色兔子和蓝色海豚。"

大爷兴高采烈："好嘞！"

话音刚落，倏地，江炽挡在初萝面前，率先抽出三张百元大钞："大爷，这些我们全都要了。"

大爷："……"

初萝："……"

她赶紧拦住江炽，扯着他的衣袖，把他拉得弯了点腰，自己还踮起脚，凑到他耳边，急急忙忙地说："你买这么多干吗？"

江炽笑一声，也学着她的模样，凑到她耳边，小声问："你不喜欢吗？我看每个样子都不太一样。"

"……那也用不着那么多啊。又没用。"

纵然初萝这么说，但江炽还是付了钱，从大爷那儿接过这一把绳子。

大爷大概是生怕他们反悔，头也不回地涌入集市人流中，很快，再看不见影子了。

江炽垂下眼，修长手指卡着初萝的手腕，默默地将她的左手拉起来。

初萝心里一跳，耳尖立马开始不受控制地发烫。

江炽却浑然未觉，只是自顾自地低着头，将那一把气球绳拢在一起，打个结，再小心翼翼地一同系在初萝手腕上。

"好了。"

他端详了一下自己的杰作，开玩笑说："刚好当路标用，走散了也能马上找到你。"

这下，初萝连眼眶和脸颊都开始泛红。

没用的浪漫最动人。

她火速移开目光，故意不看江炽，嘟了嘟嘴："浪费钱。"

江炽："难得看你喜欢。不浪费。要过年了，萝萝也要多笑笑。"

因为这个小插曲，初萝半天没好意思和江炽说话，生怕他看出什么端倪来。

他那么聪明。

好在，两人不沟通，也不会耽误正经事。

江炽买东西有点随心所欲，也不挑挑拣拣，一路上，看到需要的就直接掏钱。

没过多久，两只手就都拎满了袋子。

相比之下，一只手上拿了个兔子面具，另一只手腕上挂了几十只气球的初萝，看起来就很轻松悠闲了。

初萝看看江炽，又看看自己，实在不好意思。

她上前两步，伸出手："我来拿一点吧。"

江炽笑了笑，也不把袋子给她，径直岔开话题："你想吃点什么？卷饼？面？还是去别的地方吃？"

集市上的食物摊位，都以小吃为主。

支上锅，到处都是热气腾腾的。

不过，人再多，到底是室外，还是有点冷。

初萝虽然穿了不少，手脚依旧冰凉，因此，看了那些小吃，也没什么食欲，只想快点回到暖气里。

她摇摇头："我还不饿。"

江炽转过脸，盯着她看了会儿："冷？"

初萝："……嗯。有点。"

江炽"哦"了一声，没再说话，加快脚步，往前面出租车能停靠的地方走去。

　　路边停了不少空车。

　　两人选了最近的那辆，把那些袋子全部放到后备厢。

　　唯独那一把气球无处安放。

　　没办法，最终只能让初萝坐到副驾驶，江炽一个人坐后排，把那些气球塞满车后排空间，挤得满满当当，才勉强够。

　　出租车发动。

　　路上，初萝频频回头。

　　看江炽被挤到边边上，快要缩成一团。终于，她忍不住再次嘟囔："你看，买这么多干吗呀……要不我们换一下位置吧？"

　　她个子比江炽矮上二十多厘米，一个人占个前排，浪费。

　　闻言，江炽挑了挑眉："没关系。"

　　初萝看看他，又看看他，骤然想到了另一件事，一拍大腿："你要的烟花没买！要不要折回去？"

　　江炽说："不用，本来我们俩也拿不了，明天我打电话去订几箱。"

　　初萝"啊"了一声："你们今年要放烟花啊。"

　　江炽纠正她："是'我们'。你林阿姨想跟你一起玩，我作陪。"

　　"……"

　　初萝愣住了，好半天没说话。

　　刹那间，她想起了小时候，是十来岁的时候吧，有一年除夕，林英买了一大把仙女棒，带着初萝和江炽一起在院子里玩。

那会儿，初萝胆子小，仙女棒在手上噼里啪啦炸开，吓得她哇哇大叫，还是又叫又笑的。

江炽可能是嫌她们烦，坐在一边的台阶上，拒绝参与这个活动，但初萝非要拖着他一起。

结果，拉扯之间，两个孩子双双摔倒，各自掌心蹭破一块皮，又各自挨了林英一下。

她说："你们这两个小孩！真是的！下次不让你们玩了！"

思及此，初萝悄悄翻开手掌。

掌心光滑细腻，一点伤痕都没有。

那点伤，本来也不严重。

可是，之后的每年除夕，初柘都要带初萝去亲戚家吃年夜饭，两人确实也没有再一起放过烟花、玩过仙女棒了。

今年亦然。

甚至，初柘早已经和初萝暗示过，除夕要和张阿姨一起。

这便叫她不免疑心，两人是不是已经偷偷领了证，只是没告诉她。

但就算他们领了证也正常，她没有什么立场去阻止。

初萝抿了抿唇，声音变得又轻又淡，仿佛自言自语一般："可是，过年我可能没有时间哎。"

江炽："我会等你的。"

除夕转瞬即至。

初柘前些天就回了家，但张阿姨没有一起。所以，他们父女俩要先开车去接张阿姨，然后三人一起去吃年夜饭。

张阿姨住得不算近，路况不好，稍微颠簸了一会儿。

但初柘心情相当不错，也没觉得焦急。

红灯。

他将车缓缓停在队尾，手指轻轻叩着方向盘，扭头同初萝讲："今年就我们三个人一起吃年夜饭。总算有一家子的样子了。挺好。"

初萝不知道该怎么回答，只好含含糊糊地"唔"了一声。

初柘继续说："不过你张阿姨不太会做饭，所以还是订的外面的餐厅。是你喜欢吃的那家。你还记得吧？以前我经常带你去的。"

初萝想了想，不清楚他具体说的是哪一家。

但她没有追根求底的想法，侧头靠在车窗玻璃上，敷衍道："记得的。"

这个反应明显不太热烈，不够捧场。

初柘悻悻住嘴，专心开车，不讲话了。

很快，两人抵达目的地。

张阿姨家在一栋普通居民楼，从外观上看，年代应该有些久远，没有电梯，外墙也斑斑驳驳的。

楼底下有棵大树。

许是因为尚未到年夜饭准备时间，树底下围了一圈大爷在下棋打牌。

初柘熟门熟路地把车停在另一侧。

一下车，几个眼尖的大爷瞧见他，立马打招呼："哎哟，张家那个女婿小初来了啊！"

后下车的初萝听到这句话，动作微微怔了怔。

看得出来，这里邻里关系相当和睦，各家各户之间没有秘密。

要不然，就是初柘已经来了很多次。

她在心里苦笑一声，假装并不在意，安安静静地走到初柘旁边。

初柘倒是很爽快地应了一声："赵大爷，您看棋呢？还不回去啊？"

赵大爷："家里包包子呢，我看完这盘就回去。啊哟，这么漂亮的小姑娘，是谁呀？"

初柘揽着初萝的肩膀："这是我女儿萝萝。萝萝，叫人。"

初萝低声开口："赵爷爷好。"

赵大爷："好好好！啊呀，真漂亮。你们来找小张的吧？快去吧快去吧。"

等两人走进居民楼里，没了旁人在场，初柘才给初萝解释："刚刚那个爷爷是你张阿姨的邻居。住对门的。"

"哦。"

初萝点头，又把手缩进袖子里。

这楼道里也怪冷的，不知道是不是没装暖气。她心想。

　　万万没想到，计划赶不上变化。

张阿姨拉开门，她家里人就在后面一声接着一声撺掇，非要他们留下来吃年夜饭。

"啊呀，哪有年夜饭去外面吃的咯！"

"是啊是啊，留在家里呗，家里热闹！菜都快做好了！"

"小初啊，别走了，快带小姑娘进来，一起！"

盛情难却。

张阿姨明显表情有点为难，迟疑地看了看初栌，又看向初萝。

初栌和她对视一眼，也顺势看向初萝："那要不然……萝萝，你怎么想的？爸爸听你的。"

"……"

这一刻，初萝恍然有种错觉，自己好像是那个狠毒的小女儿，拆散了天造地设的一双人。

她张了张口，声音不知道是从身体的哪个位置发出来："我都可以啊。"

……总之，不是大脑。

话音落下，一切宣告尘埃落定。

初萝走进陌生的房间，和在场所有陌生人打招呼，一个一个叫人，再如同刚才那般，接受他们千篇一律的夸赞。

初柘很高兴。

张阿姨也很高兴。

他们像真正的一家人。

唯有她，龟缩在阴影里，驻足不前，照不到阳光，与这世界格格不入。

如同一个局外人。

年夜饭全程，初萝被迫一直在应声回答一些问题，几乎没吃什么菜。

当然，她确实也没什么食欲。

饭桌话题东拉西扯，最终，还是聊到罗挽青身上。

不知道是谁问了一句："萝萝还记得自己妈妈吗？"

初萝浑身一僵，表情骤然凝结。她说不出话，只好默默垂下眼。

见状，张阿姨连忙出来打圆场："吃饭呢，怎么问孩子这种问题啊。"

问话那人是长辈，又喝了点酒，完全不给面子，大声道："你都要嫁过去了，咱们作为娘家人，当然要了解了解他们家里的情况，免得你受欺负啊。小姑娘都那么大了，她妈妈又是那样走的，谁知道她心里怎么想你喔！"

张阿姨瞪了那人一眼，伸手护住初萝，低声开口："萝萝，舅爷喝多了，咱们不理他。"

说着，她又从口袋里摸出一个红包，塞到初萝手里。

"马上要新年了，阿姨祝你学业进步，天天开心。"

初萝抿了抿唇，在初柘的示意下收下红包，再朝她干干地笑笑："谢谢张阿姨。"

张阿姨明显松了口气。

想了一下，她又说："一会儿他们要打麻将，萝萝嫌吵的话，可以去房间里玩。有电脑，还有电视，都可以用的。也可以睡觉，被子都是洗过的，干净的。"

初萝："好。"

有张阿姨这句话，等麻将桌在客厅里架起来后，初萝当即躲进了里面的房间。

这是一间卧室，面积不大，但打通了阳台，倒也显得宽敞。

初萝关上房门，将喧闹和光怪陆离隔绝。

她打开灯，也不乱看乱摸，只小心翼翼地搬了一张椅子，兀自坐到暖气片旁边。

从这个角度，刚好可以看到窗外。

夜空澄澈。

明明是团聚的日子，月光却依旧带着丝丝凉意。

很巧，距离这里更远的夜幕中，竟然也有一片云杉树。

和家里一样。

初萝心下一松，如同抓住了浮木，总算从刚刚无所适从的状态里回过劲来。

她摸出手机，先给安妮发了一条消息。

等了等，对方没有回复。

安妮似乎一直这样，周末住校会回得很快，回到家之后，就常常处于联系不上的状态。

初萝只得切出去，无所事事地在各个 APP 转了一圈，又刷了几条春晚视频，都觉得提不起劲儿来。

最终，依旧还是回到消息界面。

踟蹰许久，她点开了名为"江炽"的聊天框。

开场白构思了七八种，都觉得不好。

她想来想去，干脆直接发了四个字：新年快乐。

不过两三分钟，江炽的电话直接打了过来。

初萝接起来。

"萝萝？"他语气很淡，但也温暖。

初萝低低地"嗯"了一声。

江炽笑："现在距离新年还有半个小时，消息发早了点。"

初萝："那就算是提前祝你新年快乐。"

江炽："谢谢。你在哪儿呢？"

初萝顿了顿，声音低了几分："……在那个阿姨家里。"

哪个阿姨，无须赘述。

他一定能知道。

果然，江炽当即反应过来："噢。"

两人双双沉默下来。

气氛好似陡然坠落谷底。

良久，江炽重新开口，喊她："萝萝。"

"嗯。"

"想不想回家？烟花已经送来了，现在就堆在院子里，我们可以一起放。"

他慢条斯理地问着，像是在描绘某种美好画卷。

闻言，初萝心念颤动，低下头，紧紧攥住手心，声音里有气若游丝的无奈："想，可是我回不去啊。"

江炽："走呀。如果你不想待在那里的话，那就偷偷溜走。"

"可是……"

"我来接你。好不好？"

简单一句话，叫初萝彻底沦陷在这个美梦里。

她做了个深呼吸，头脑发昏，重重点头："好！"

结局从此刻起，毫无预警地一锤定音。

…………

不过，话虽然如此，想要溜出去，实行起来还是有难度。

张阿姨家不大，人却不少。

此刻，他们都在客厅和餐厅里聊天打牌打麻将，把狭小的空间挤得满满当当，越发显得逼仄。

初萝知道初柘肯定不会让她走，就得绕开这些人，神不知鬼不觉地出去，先斩后奏。

听她困扰，江炽低低笑了一声："你想想办法。我现在要出门了。"

张阿姨家距离他们家小区有点距离，等江炽过来接她，再回去，时间估计都得后半夜了。

所以，两人约定，二十分钟后，在这段路程中间某个公园门口见面。

那个公园刚好是北岱烟花燃放胜地，到跨年前，周边会有很多居民下去放烟花炮仗。

热闹，就会比较安全。

但现在毕竟是大晚上，初萝又是女孩子，这通电话不能断，要一直挂着。

初萝答了一声"好"，起身，将手机先放进口袋，再关了灯，偷偷摸出房间。

外面还在打麻将。

麻将机"哗啦哗啦"，和着春晚的背景音，吵吵嚷嚷。

初柘就坐在麻将桌上，张阿姨则是坐在他旁边。

从另外三个人的表情来看，初柘今晚应该是要大出血。不过他倒是没什么不愿意，看着心情不赖。

在场大部分大人都喝了酒。

小孩都围在另一边打手机游戏。

没人关注到她。

初萝努力缩着身体，贴墙根走，轻手轻脚地绕开麻将桌，去角落衣架那里拿了自己的包和外套。

因为生怕被发现，她心里惴惴不安，也不敢先穿上衣服，直接全部抱在手上。

不多时，顺利走到门边。

初萝轻轻打开门，换鞋，再合上房门。

接着，她一鼓作气跑了出去，跑出楼道。

出来了。

她只觉得头皮发麻，几乎要尖叫，连冷都顾不上，立刻拿出手机，对着听筒大喊："阿炽！我偷跑出来啦！"

江炽："不错，萝萝很厉害。"

初萝问他："你也出门了吗？"

江炽："在小区门口了，出租车马上到，一分钟。"

"好。"

初萝没再说话，继续往小区外跑。

除夕夜，路上没什么车。

但好在这里不偏僻，等了五六分钟，总算有揽客的空车经过。

初萝跳上去，从张阿姨给的红包里摸出一张一百块，拿给司机。

"师傅，麻烦您快一点，我赶时间。谢谢您。"

司机师傅看看她，一踩油门，笑呵呵地问："姑娘，这个点不在家吃年夜饭守岁，赶时间去干吗呀？"

初萝给初柘发了条消息，说自己有点困，但不习惯在别人家睡觉，就先回家去。接着，她才郑重地、一字一句地回答道："赶去和家人守岁。"

夜幕沉沉，晚风瑟瑟。

她现在，要跑出阴影，奔赴她的太阳那里去了。

…………

除夕闹这一出，毫无疑问，初萝被初柘骂了个狗血淋头。

自从罗挽青去世后，初柘心怀愧疚，这么多年，对初萝这个女儿可以称得上小心翼翼，几乎是百依百顺。生怕她不高兴，陷在过往中无法自拔。这还是第一次用如此严厉的语气批评她。

除了突然找不见人、对张阿姨那边不太好交代之外，想来也是有担心她大半夜乱跑的原因在内。

初萝知道自己确实有点过分，乖乖低着头挨训。

只是，她本就生得瘦弱，皮肤还白，看起来没什么血色，惨兮兮的，风一吹就会倒一样。

初柘说着说着，叹口气，就也不好意思再讲了。

他弯下腰，两手握住初萝的肩膀，很认真地问："萝萝，你是不是不喜欢张阿姨啊？"

初萝愣了愣，回过神来，连忙摇头。

"没有啊。"

没有喜欢，但也说不上不喜欢。

初柘松了口气："那就好。那你为什么一个人跑回家来啊？这样让人家张阿姨多尴尬，以为你讨厌她呢。"

初萝："……因为我想回家放烟花。"

初柘："你早说呀，张阿姨家那么多哥哥姐姐，让他们带你下楼去杂货店买点不就好了，来回折腾多麻烦。你一个小姑娘，大半夜打车也不安全啊。"

"……"

不一样。

这当然是不一样的。

初萝想到那天晚上，两人在公园碰头，再一起马不停蹄地往家里赶。

十二点钟声在出租车上敲响。

中国人视角里的新一年，猝不及防到来。

远处，烟花声、鞭炮声开始"砰砰"作响，此起彼伏。

刹那间，夜空被点燃。

初萝看了一会儿，有点泄气，扭过头，嘟囔："晚了点，没赶上。"

身旁,江炽伸出手,轻轻摸了摸她头发,好整以暇地开口:"不晚啊。从现在开始的每一秒,都可以用来庆祝新一年的到来。"

初萝怔了怔。

她抬眸,望向江炽。

江炽的眼睛明亮如昼,如同十年前第一次见面时一样,没有丝毫改变。

他喊她"萝萝",对她说:"没有遗憾,什么时候都不晚。"

所以,初萝也觉得释然,没有因为今夜的波折而觉得有什么意难平。

"阿炽。"

"嗯。"

"新年了。"

"对,新年快乐,萝萝。"

和江炽一起跨年、一起放烟花,和别人怎么会一样呢?

02

年节总免不了要走亲戚。

初柘带着初萝转了转,收了满满一兜子红包。时间便就在此之间悄然溜走。

一中寒假放到正月十五,元宵一过,学生马上要回学校开始上学。

初萝他们进入高一第二学期，不仅课业会逐渐紧张，每天还要多上两个小时晚自习。班主任已经提前发布通知，晚自习从开学第一天就开始实行。

同学们在班级群里抱怨连天。

刚好，消失了两周的安妮也重新出现。

初萝和班上同学都不熟悉，只和安妮私聊：安安！你这几天在干吗呀？怎么都不回消息呀？

安妮：抱歉抱歉啦，一直没看手机。

但也没说自己在做什么。

初萝完全不以为意，兴致勃勃地与好友分享着寒假里的心情。

初萝：……好几年没放烟花啦！今年终于有机会了！我还是第一次放这种大型烟花呢！以前只玩过那种小的……真的好好玩！

初萝：还好北岱还没有禁放！我看网上说，很多地方市内都不许放烟花炮竹了。

初萝：[图片][图片][图片]

她选了一串照片，一股脑儿发送过去。

安妮回得飞快：这个我也看到咯。

北岱是小城市，人口少，面积也小。如果燃放那种大型烟花，半个市的人抬头都差不多能看见。

初萝很高兴，噼里啪啦地打字：那太好了！是不是很好看！

两人聊了好久，嫌打字麻烦，又换成了语音电话。

在好友面前，初萝会比平时活泼许多，叽叽喳喳的，说个不停。

话题逐渐偏离轨道，发散到外星球。

最后，还是安妮笑着截断她："萝萝，你寒假作业写完没？"

初萝一下子收了笑，低头看了眼手中的笔，叹气："正在补。"

安妮："后天就开学了……需不需要帮助？"

没想到安妮会这么问，初萝愣了愣，好半天，才小声讷讷，"不用啦……江炽会帮我写一部分。"

在北岱一中，江炽算是明星运动员，有不少小特权。

比如不用写作业这一项。

他一年到头时常要去训练、到处比赛，在校时间压根没几天，课也上不了几节。加上，老师们都知道，他必然不会走高考这条路子，也就放宽了对他文化课的要求。

偏偏，人家不上课，成绩也没有落下，还是班级前列。实在是令人羡慕嫉妒恨。

因为江炽不用写寒假作业，趁着前几天，两人说话气氛还不错，初萝就顺势让他帮忙写了一些。

她告诉安妮："作文什么的，反正要写很多字的、比较麻烦的，都让江炽帮我写了……所以应该来得及。"

到不了的大阳哩

安妮轻声笑起来："你还挺会奴役青梅竹马的。看来放了个假，你们俩的关系有所改善啊。"

"……"初萝没作声，沉默许久。

安妮："萝萝？"

初萝"嗯"了一声，深吸一口气，终于，慢吞吞地、不急不缓地将心里话说了出来。

"安安……我发现，我好像也没有那么讨厌江炽。"

江炽有什么缺点呢？

在初萝看来，好像没有。

可是，没有缺点，也会让人觉得不高兴。

所以，在她口中，"不讨厌"就是最后的倔强。

电话那端，安妮"扑哧"一笑，没有揭穿她："懂的懂的。"

开学日当天，江炽把完成的作业放到初萝家门口，自己搭了早班飞机，和教练一同离开北岱，投入新一轮训练中。

对江炽来说，今年是比较特殊的一年。

事关国家队选拔和冬季奥运会，还有几个世界级大赛。

初萝虽然不太懂，但也大概知道，这一年里，江炽一定会很忙，可能会有很长一段时间没有办法再见他。

……她当然无所谓，只是那么随便一想而已。

毕竟是青梅竹马嘛。

对此，安妮啼笑皆非，忍不住进行犀利点评："可是，这才开学第二周，你已经说起江炽一百次了。"

"……才没有！"

北岱的春天总是来得扭扭捏捏、不情不愿。

甚至，它还弥足短暂。

仿佛只是眨眼，就在不经意间悄悄溜走，把时间全数留给夏天。

四月底，气温回暖。

北岱一中的校园里，同学们纷纷脱下厚重外套，换上校服运动装。

时不我待，一年一度的校运会也要趁着这个好时节，紧锣密鼓地召开。

早早地，体委就开始在班级里鼓励大家踊跃报名。

"各位同学，每个项目都要报满的哈！如果现在不主动报名，等到时候有空缺，就给没报项目的人随便顶上去了啊！顺便说一句，去年没人报的项目是 800 米和 1500 米，不想被凑数的话就主动一点哈……"

话音刚落，"哗啦啦"一片人围上去，将他彻底包围。

班级里，气氛十分火热。

安妮倒是没动，扭头瞅了瞅初萝，问："萝萝，你报什么呀？"

初萝正在走神，闻言，先"嗯"了一声，顿了顿，才意识到她在问自己，连忙答道："报什么项目都行吧，毕竟我以前也算半个运动员。等他们先选吧，选完我再报。"

她虽然没有继续花滑，但毕竟练过很长一段时间，身体素质和耐力肯定都比普通学生强一点，跑个800米，问题不是很大。

只是，近几个月，初萝明显地感觉到，自己的身体变得不如从前。

主要症状是尤为畏寒。

像现在，明明已经是春日时节，她还必须要在运动服底下穿一件厚毛衣才能出门。要不然，春风料峭，能把她吹到发抖，浑身冰凉。

是不是应该去看看医生呢？确实也好久没有复诊了。

初萝沉吟。

安妮没发现她的异常，想了想，也点点头："那我跑1500米吧。"

初萝一愣："1500米是男生项目啊。女生长跑就800米啦。"

安妮也跟着一愣，挠了挠脸，忍不住笑起来："对哦，我都忘了。那我也跑800米吧。每个班好像只要两个人参赛，刚好，他们没人跑，就我俩一起上吧。"

"没问题。"

等人潮散去，两人找体委报了名，成功地将所有同学最讨厌的项目名额占据。

北岱校运会各个项目是不分年级和班级，共同参赛。

像长跑这种，因为每个班要出人，选手太多，虽然操场够大，跑道也不够用。所以，他们就要提前按照年级，分批进行预赛，计时择前八名进入决赛，再到运动会当天决出名次。

初萝没给自己的前运动员身份丢脸，预赛顺顺当当跑了个第三名，成功入选。

安妮更加真人不露相，直接拿了个预赛第一的成绩，还差点打破校纪录。

体育老师难以置信，当场把安妮叫走谈话，多半是要她代表学校去参加区运会之类。

没了形影不离的小伙伴，初萝无所事事，抄着手，慢吞吞地在操场上转了一圈，平复呼吸。

室外，春风拂面。

她刚刚脱了外套跑步，停下没一会儿，便觉得有些冷飕飕。她干脆不再闲逛，独自回到教学楼。

在走进教室前一秒，恰好，手机在口袋里振动起来。

初萝顿了一下，停在原地，侧过身，避开走廊和教室摄像头位置，把手机悄悄摸出来。

来电显示"江炽"。

"……"

她有些惊讶。

这个点，江炽怎么会打电话过来？

发生什么事了吗？

初萝握着手机，迟疑一瞬，一边慌慌张张地往楼上跑，一边飞快地接通电话。

"阿炽？"

电话那端，男生很浅很浅地笑了一声："嗯。萝萝上课还偷偷玩手机吗？"

初萝听他语气如常，松了一口气，脚步逐渐放缓。

不过，依旧是往楼梯上走。

教学楼每一层走廊都有监控，各个教室也还有别的班在上课，要偷偷接电话或者玩手机之类的，上天台去最好，比在操场阴影里还安全。

至少，不会和巡查老师撞个正着。

——这些都是安妮告诉她的。

因为她之前没什么朋友，对学生里的一些"小传统"也无处可知。

最重要的一点，她没有可以偷偷摸摸打电话的对象，也没有迫不及待需要发消息的人。

现在，江炽成了那个人。

初萝也是第一次走上教学楼天台。

她心情不错，步伐轻快，像只一蹦一跳的小兔子，踩着楼梯一路向上："我们今天女子长跑预赛啊。没在上课。"

"哦？"江炽的声音离得很近，虽然隔着电波，却仿佛就在耳边，"跑得怎么样？"

初萝："那还用说。我也是练过的好不好，别看不起人。"

江炽低笑一声："是，你小学就能做燕式转，教练都说你耐力特别好，很能吃苦。"

寥寥几句话的工夫，初萝人已经站在天台铁门前。

她没说话，顿了顿，伸手，拉开铁门。

微风再次吹拂起她的长发。

初萝往里走了两步，垂下眼，轻声问："你今天怎么了？发生什么事了吗？"

怎么突然有闲心聊这些了。

这个点，他不是应该在练习吗？

看在他帮自己写寒假作业的份上，初萝决定多问几句，在心里为他担心一分钟，也算礼尚往来。

"……是不是训练不顺利？"

江炽："没有，什么都没有……"

话音未落，初萝的注意力陡然被面前的身影吸引住，压根没听清他在说什么。

此刻，天台边，有个女生正在试图翻越护栏。

初萝几乎没有思考，身体已然比大脑先一步行动起来。

她丢下手机，三两步冲上前去。

"小心——"

"萝萝？萝萝？萝萝怎么了？……"

听筒里，江炽感觉到了不对劲，声音骤然从不紧不慢变得焦急。

一连问了好多声，始终没人应答。

初萝急着去救人，手机已经被她随手丢到了地上。

阳光下，她心无杂念，直愣愣地扑向风，也扑向那个即将跃下的同学。

"铛！"

千钧一发之际，初萝一直手拽住了那个女生的手腕，自己整个人则是被一股大力拉扯着、砸到了栏杆上，发出沉闷的响声。

"嘶——"

好痛！

肩膀要脱臼了！

初萝另一只手赶紧也上去帮忙，死拽住对方不放手。

短短几秒，她的脸颊已经涨得通红，脖子青筋毕露，要很勉强才能发出声音："……你快抓住我。"

女生已经吓蒙了，整个人悬在半空，哆哆嗦嗦的，压根不敢往楼下看。

北岱一中教学楼没有装电梯，所以修得不算很高。但就算这样，这个视角下，还是能害怕到无法自己。

书上说，跳楼的人，在跳下去那一瞬间就会后悔。在坠地前这短短几秒内，人会被恐惧淹没，进而产生怨气，死后会变成恶鬼。

初萝觉得，这个女生应该已经开始后悔了。因为，她正在痛哭流涕："你别管我了，松手吧……"

"……"

初萝刚跑完800米，本来就没什么力气，被她这么一喊，甚至开始头晕目眩起来。

初萝不敢晕，憋着最后一口气，开始大声呼救："救命！

"救命啊——

"有人跳楼啦！有没有老师能听到！救命——"

话音一落下，刹那间，一道身影从她身后冲出来，卷携起阵阵气流。

彻底脱力前，初萝余光里出现了江炽的脸。

她心脏骤停。

他怎么会出现在这里？

他们不是刚刚还在打电话吗？

难道，江炽其实早就回了学校，并且一直跟着她，打电话也只是为了逗她……这世界上会有这么巧合的事情吗？

江炽离得很近，就距离初萝半臂远。但他一句话都没说，直直地探出身去，长手一勾，精准抓住了吊在半空那个女生的衣领。

"那只手给我！快点！"江炽开口喊。

在半空吊了这么会儿，女生倒是生出满腔求生意志。听到江炽说话，她另一只手立马攀了一下墙沿，借力举起。

江炽牢牢拉住了她那只手。

顿了顿，他继续指挥："萝萝，我数一二三，再一起发力往上拖，知道吗？"

初萝的脸已经憋得很红，但是她并没有放弃。

闻言，她用力点头："我努力。"

"一——

"二——

"三！"

江炽到底力气大，有了他加入，似乎也不是什么不可行的事情了。

两人分别拽着那女生的两只手，一左一右，一起用力，将女生拖起来大约三十厘米高。

虽然三十厘米说起来不多，但在半空中，已经是普通人体力的极限。

而且，这样一段，刚好让那个女生能够到堪堪天台的边沿。她自己屈起腿，颤颤巍巍地踩住了凸出来的外墙边。

刚好，天台门外也冲进来了许多人。

大概是初萝刚刚的那几声呼救，成功地引起了教学楼办公室里老师的注意。

所有人尽数扑到围栏边，七手八脚地把那个女生拽进了围栏里。

没多久，110 和 120 齐齐到场，那个女生很快被送去医院。

短短十几分钟，像做梦一样。

初萝只觉得惊魂未定，腿软得支撑不住，整个人瘫在天台上，失去知觉，一动都动不了。

周围乱成一团，没人注意到她这边。

太累了。

她合上眼睛，心脏还在"怦怦怦"作响，还未平静下来，似乎誓要从胸腔里蹦出来才能罢休。

"萝萝？"

熟悉的声音再次在上方响起。

初萝慢慢地、如同电影慢镜头似的，缓缓睁开眼。

江炽正弯着腰，低头看她，眉头轻轻拧起来，似乎是在观察她的情况。

等到她睁开眼睛，表情才恢复到往日那般淡定温和。

从初萝这个角度自下而上地看过去，阳光披在他身上，像是给他周身镀上了一层柔软的光芒，他五官棱角分明，显得比平常角度更加精致清隽，连细密的睫毛似乎也被染成了浅金色，衬得瞳孔熠熠生辉。

而且，此刻，里面只映了一个人的影子。是她。

真好看啊。

江炽。

初萝觉得，这多半是吊桥效应在作祟。

虽然她并不是唯一走在桥上的人，却也被这晃晃悠悠的阳光迷乱了心智。

"萝萝？"

见她迟迟没有反应，江炽又喊了她一声。

初萝总算回过神来，假装若无其事地应答："啊。"

江炽："手臂疼吗？"

"……"

他这么一问，好像把初萝全身四肢百骸的神经全部排回原位，重新运转起来。

陡然之间，她感觉手臂传来一阵剧痛，痛得她几乎要忍不住大喊起来。

江炽看她的表情就知道答案，立刻将她上半身扶起来，小心翼翼地检查了一下："这只手臂应该是脱臼了。走，去医院看看有没有骨折。"

十分钟内，两人顺利坐上警车，前往医院。

初萝是第一发现人，本来就要接受询问，刚好，趁着在警车上，年轻警察就先问了几句。

只不过，她压根不知道那个女生是谁，完全一问三不知。

"我刚刚跑完运动会800米的预选赛，接了个电话，就想上楼找个没监控的地方打电话，然后就看到她了。我看到她的时候，她已经翻出去了，我第一反应就是想去拉她呀，也没多想。"回忆起刚刚那段经历，她仍旧心有余悸，"警察叔叔，那个女生是我们学校的学生吧？她为什么要跳楼啊？"

年轻警察敷衍了一番，说还在调查云云。顿了顿，他又接着问："你接到的是谁的电话呢？"

"……"

初萝抿了抿唇，指了下坐在自己旁边的江炽。

自然，江炽也被追问了几句。

初萝身上还是疼，好像除了手臂，还有其他地方擦伤，可能是在栏杆上蹭出来的伤口，或者是因为紧急情况下用力过猛、产生肌肉劳损之类。

她轻轻地"嘶"了一声，但很快把尾音咽回去，强忍着不适，安安静静地听江炽回答。

警察："……所以说，你中午就已经回学校了，但是一直在老师办公室里填表。看到初萝同学在操场上跑完800米，才打电话给她的？"

江炽："嗯。"

警察："你看着她上天台的吗？那你看到试图跳楼的女生了吗？"

江炽沉吟数秒，摇头说道："没有，我是在楼梯那里等初

萝上楼。看她接着电话一直往上走，就跟上去了，距离落后了
她大概一层。"

"这样啊。"

"对。"

事实上，江炽话向来不是很多，但也不是高冷，就是介于
疏离和温柔之间，掌握着恰到好处的尺度。

不过，那都是对外人。

显然，初萝算得上"自己人"。

江炽确认那个年轻警察暂时没有什么要继续问的，便扭过
头，看向了初萝。

"还疼吗？"他低声问。

警车空间不算大，他的声音回荡在密闭空间里，有种戛玉
敲冰的清澈质感。

初萝抿了抿唇："还好。"

江炽知道她在硬撑，没有点破她。

倏地，他从口袋里摸出一样东西，递到她面前。

初萝愣愣地看着他的掌心。

江炽的左手手掌心，生命线、爱情线、事业线，三条线清
晰绵长，走势干净分明，当中几乎没有任何分叉。大抵是手相
大师都找不到诟病之处的掌纹。

这会儿，在那几条掌纹之上，躺着一颗糖，黑红色的包装，

十分眼熟。

还是一颗黑糖话梅。

江炽笑了笑，哄孩子似的说："吃颗糖。"

初萝接过了那颗糖，拆开包装，放进嘴里。

年轻警察在后视镜觑了觑两人，又状似无意地问了一句："你们两个是什么关系啊？"

初萝斩钉截铁地给出回答："青梅竹马。我们是一起长大的青梅竹马。"

03

北岱一中学生跳楼事件，在北岱市引起了轰动。

说是轰动，也显得不够准确，毕竟这是个小城市，什么鸡毛蒜皮的事儿都能成为"轰动"。准确描述，应该说是成了一段时间内的谈资。

虽然不是什么猎奇案件，但家家户户都有孩子，对学校总是过分关注，更遑论一中这种名校。

女生是这届的高三生，还有一个多月就要高考。

她决心要考出北岱，要出省念书，但因为两次模拟考都发挥不理想，很难达到理想学校的分数线，心理压力过大，突然产生了厌世情绪，才做出了这种举动。

一时之间，学生心理问题被提上议题，似乎迫在眉睫地需要解决。

而背景板里的初萝和江炽，也不算太好。

江炽难得的休息，几乎泡汤。

初萝则是两只手齐齐拉伤，肌肉挫裂，被诊断需要至少一个月才能痊愈。

当时，初柘听到这件事，吓了一跳，放下工作就匆匆忙忙赶到医院。

"萝萝怎么样了？怎么回事啊？"

四月底的天气，他出现时，却是满头大汗。

刚好，江炽也在旁边。见初萝还在上药，他便给初柘简单解释了几句。

初柘并没有完全放下心来，慌慌张张，又去找了医生谈话。

药膏冰冰凉凉的，触到皮肤，初萝龇牙咧嘴地哆嗦了一下。

余光发现江炽已经坐了回来，坐回她面前。

气氛沉默而胶着。

初萝顿了顿，朝着江炽道谢："阿炽，谢谢你。"

江炽："谢什么？"

初萝："就……谢谢你给我爸解释，要是我自己说的话，他肯定又要训我了。"

当然，还谢谢他那么及时出现，像劈开乌云的一道光。

要是那个女生在她面前掉下去，可能会成为她一辈子的阴影。

……像罗挽青那样的事，对一个刚刚十七岁的女孩子来说，很难承受第二次。

但是，这话有点矫情，初萝没好意思说出口。

江炽能听懂。

她确信。

话音落下，江炽便深深地看了她一眼，一双桃花眼还是迷人，却难得显得严肃。

他连名带姓地喊她："初萝。"

初萝愣了一下："……啊。"

江炽："见义勇为的前提是，能确保自己绝对的安全。任何人、任何事，都不值得你用自己来冒险，更不值得你放弃生命……不是说今天，是说你以后遇到的，每一件事。知道吗？"

他眼睛里的悲伤快要溢出来。

初萝只觉得周身空气开始降温，呆呆地与他对视，一下子忘了顶嘴。

在这一瞬间，江炽的脸和初萝之前那个医生的脸完美重叠。

他们都对她说，不要死。

不值得。

初萝有点想笑，果然，身体也这么做了。

她慢吞吞地开口道："阿炽，你现在看起来好严肃，像个老头子。"

江炽明显怔了一下。

初萝没有让他有机会继续说教，跟上了下一句："……我不会的。"

"什么不会？"

她端详了一下自己受伤的两条胳膊，垂着眼，没有看他："我不会为了那个女生犯险，我不认识她。如果当时你没有来，我可能坚持不了很久……"

这个世界对她不算太好。

她自然没有以德报怨的想法。

江炽对这个答案十分满意，并不觉得她有什么丧失人性，微微颔首："那就好。"

话音刚落，初萝却不由自主地打了个寒颤。

"病房里好像有点冷。"

她喃喃自语。

两人距离很近，江炽听得一清二楚。

他站起身："我去找护士，看看这里能不能开热空调。"

现在，北岱每年的供暖期早已经结束了。

初萝在家躺了几天。

只不过，初柘已经没办法继续请假，必须得回去工作。

他实在不放心初萝一个人在家，思来想去，试探性地提议道：

"萝萝，我让张阿姨住过来照顾你几天，怎么样？"

初萝躺在沙发上看电视，全神贯注的样子，似乎没有听清他在说什么。

初柘便扬声又问一遍。

这次，初萝想装也没法继续装。

思忖数秒，她望着初柘，低声开口："要不然还是请个阿姨吧？帮我稍微弄下重的事情就好了。张阿姨她还没有和爸爸登记，突然让人家来照顾我，感觉有点奇怪。"

初柘想了想，觉得她的话很有道理。

毕竟，张阿姨自己也有工作。

而且初萝只是拉伤，并不是骨折，手臂不是不能动，只是不能用力，需要小心一点。最多再休息三四天，也要回学校去上学。

平白叫人来折腾一顿，是有点不好意思。

他点头："好，明天我请个阿姨来。萝萝你放心，晚上再晚，爸爸也会尽量赶回来的。"

这件事就这样简单敲定。

翌日，阿姨一早就到了初萝家，帮忙做饭、打扫房间。

这个阿姨有着北岱人的热情，干活手脚麻利，嘴也停不下来，一直在絮絮叨叨地试图和初萝聊天话家常。

"姑娘，你上几年级了啊？"

"手臂怎么受伤的啊？"

"家里平时也只有你一个人吗？真不错哦！"

"你成绩怎么样啊？不过能在一中上学，已经很厉害了！"

"我家孙女就比你小几岁，但是可没你这么漂亮哦！你爸爸妈妈应该很好看吧？"

"……"

初萝应付几句，实在难以继续，逃命一样地回了二楼自己房间。

只是，几天没去学校，没有作业，一个人待在房间，似乎也有些无所事事。

她随便开了一部电影。

片子是之前安妮来玩的时候想看的，名字叫《记忆碎片》。

当时，安妮就是在这部和《致命 ID》里做的选择。

这部电影讲述了一个患有短期失忆症的男主角，想要用自己的记忆碎片，来寻找杀害妻子的凶手。

房间里开了热空调，暖风温和无声地吹拂着脸颊，暖融融的。

没多久，初萝就开始有些犯困。

电影背景音像是催眠曲。

她悄然合上眼。

迷迷糊糊中，她的记忆好像也出现了裂缝，一缕一缕，幼时回忆和风细雨地侵入梦中。

大约在初萝小学五年级那会儿，她也受过一次伤。

当时，初萝还在练花滑。

毕竟是运动项目，身上常年有点大伤小伤，算得上十分正常。

这次情况却有点不同。

她起跳的时候没有控制好，从半空中摔下来。但不仅仅只是摔到冰面，是好巧不巧，刚刚好绊到了自己，右脚冰刀踩到了左脚脚踝。

刹那间，整个人的重量连同刀刃，全部压到脚踝上。

初萝当场就被送到了医院。

医生诊断为踝关节韧带部分断裂，需要打石膏固定六周。如果恢复不好，后面很难继续进行滑冰训练，必须好好养才行。

没办法，她只好回家养伤。

那会儿初萝年纪还小，还是个小学生，没有现在这么独立。初柘也没有现在这么忙，每天下班都能回家照顾女儿。

不过初萝毕竟是女生，初柘一个大男人，总是多有不便。

因而，林英也帮了许多忙。

在这个梦里，其余细节全部已然模糊，似乎不再重要。唯有一桩小事，历历在目，正清晰重映着。

那天，初柘去上班，初萝起床想喝牛奶，便拄着拐去了厨房。

一只手实在不太好操作。

吸管插进去，牛奶不小心喷了一点出来，溅到了脸上和头发上。

"……"

初萝抿起唇，摸了把脸，又看了看发尾，有点不知所措。

正此时，门铃声响起。

初萝从厨房出去。

外面那人似乎是知道她腿脚不方便，按门铃就是提示一下，没等初萝撑着拐去给他开门，自己就按密码进来了。

"阿炽？你怎么来了……你回来了啊？"

江炽站在玄关，没换鞋，只是上下打量着她。

他脸上有点倦容，声音倒是依旧平静："怎么把自己搞成这样了。"

初萝受伤这几天，江炽人没在北岱，应该是今天才休假回来。

不过，她早就打电话给江炽诉了苦，详细描述了一下刀蹭到皮肉有多疼、血溅出来有多吓人、躺在家里不能动有多无聊……等等。

所以，这会儿，听他这么说，初萝还是委委屈屈地嘟了嘟嘴，撒娇似的抱怨："我也不想的嘛！之前这个动作都没失误过……"

江炽轻轻叹了口气："萝萝。"

初萝被他打断，条件反射地"嗯"了一声。

下一秒，江炽朝她伸出手，温声开口："来这里。你不是嫌一个人待在家无聊嘛，我妈让我背你上我家玩一会儿。"

那时候，初萝还是个很容易被江炽哄好的小孩。

闻言，她眼睛立马亮起来，笑容也跟着爬上眉梢眼角。

"好啊！啊，但是我想先洗个头……"她想到刚刚那一吸管牛奶，又有点踌躇。

江炽侧了侧脸，端详她数秒："你一个人怎么洗？"

"呃……"

"上楼吧，叫我妈帮你。"

江炽人看起来清瘦，但因为常年锻炼，完全不瘦弱。明明初萝和他差不多高，他也能轻轻松松把小女孩背起来。

初萝伏在他背脊上，心里无比雀跃，像是有小鸟儿要飞出来。

"阿炽。"

"嗯。"

"阿炽。"

"怎么了？"

"阿炽。"

"……"

"阿炽，林阿姨是不是做好吃的啦？"

"应该是吧。"

初萝笑起来。

哪怕是在梦里，她都清晰地记得，自己当时有多么多么高兴。

只是因为江炽来了。

或许，和他有关的记忆，全部都很清晰，深藏在脑海深处，静静等待着被岁月重新翻开。

…………

须臾，初萝从睡梦中睁开眼，揉揉眼睛，恍若有种不知今夕何夕的错乱感。

卧室门外传来说话声。

声音很低，但就在门外，也能听得清是一男一女在交谈。

初萝愣了愣，试探性地喊了一句："……阿炽？"

说话声陡然停下。

男声应了："嗯。"

接着，江炽又问："方便吗？"

初萝坐起身，把投影关掉："方便啊。"

他多此一举地敲敲门，推开房门，人却没有进来，只是倚在门框上，自上而下地望向她。

和刚刚那个梦里相比，江炽已经拔高了不是一点点，五官轮廓也褪去孩子稚气，变成了眉目如画的精致少年。

但人却还是那个人。

初萝弯了弯眼睛："你怎么来啦？"

江炽："我妈让我过来看看，你有没有什么需要帮忙的。顺便看看你恢复得怎么样了。"

初萝点点头，了然："你要走了吗？"

他要备战国家队比赛，休假肯定不会太长。

因为这个意外，已经耽搁了一阵。

江炽语气很平和淡然："嗯，后天一早。"

说不清为什么，初萝心里有点失落。

她用力甩了甩脑袋，赶紧把这种可怕的念头甩掉，顿了顿，又拍拍身边的地毯，示意他坐过来。

江炽没动，只是驻足原地，说："我要回去了。"

初萝："我刚刚做梦，梦到小学的时候，我摔伤踝关节韧带那次，你还记得吗？"

"……"

江炽滞了滞，似乎不理解她怎么会突然提起这件事。

"那时候，你还帮我洗过头。哈哈哈哈哈哈，现在回忆一下，还挺好笑的。"说着，初萝"扑哧"一笑，眼里悄悄盛了春色。

两人当了十年青梅竹马，一起长大，知根知底，互相之间有什么糗事都知道，一件一件，说三天三夜都说不完。

不过，初萝还是能记起来，当时，林英让江炽帮她洗一下头时，江炽那个惊诧的眼神。

"……我怎么帮她洗啊？我是男生！"

江炽素来性格温和，很少用很激烈的语气说话。这能算得上一次。

林英正在炸肉丸子，闻言，瞥了他一眼，十分不以为然："又不是洗澡，洗个头发而已，有什么关系啊。萝萝受伤了，你总不能让她自己站在那边洗吧？万一在浴室里滑倒怎么办？"

江炽："……"

林英站在厨房，继续指挥他："去端个盆放那儿，让萝萝躺沙发上呗，像理发店那样。我现在没空。这么简单的小事，阿炽，你一定行的。"

她说得轻松。

江炽和初萝两个孩子，却是面面相觑，手足无措。

最终，江炽还是帮初萝洗了头。

他明显是第一次做这种事，动作很生疏，但足够小心翼翼，仿佛很怕扯到她的一头长发。

初萝眼睛瞪得圆圆的，死死盯着他的下巴看，还有点回不过神来。

江炽被她盯得浑身不自在，只好出声提醒："闭眼。"

初萝合上眼，声音清脆："阿炽，下次你受伤了，我也帮你洗。"

江炽："……"

江炽："能不能别咒我。"

初萝没忍住，嘿嘿笑起来。

肩膀跟着在沙发扶手边挪动了一下，换了个更舒服的姿势。

江炽的手指穿梭游曳在她的发丝里，很轻柔，也很舒服。

水温温的，他的掌心也是温温的。

像捧着一把春日暖阳。

全程，江炽始终垂着眸，眉毛微微拢起，一本正经，像在做什么危险实验一样。

直到林英炸好肉丸子，从厨房出来，见到两个孩子，满脸惊诧："阿炽，你在做什么？"

江炽眼睛都没抬一下："帮萝萝洗头啊。"

林英："你洗头不用换水吗？"

初萝的长发已经完全被绵密的白色泡沫淹没，整个盆里都是泡泡，只留出若隐若现的一抹黑。

闻言，江炽这才反应过来，"唰"地站起身。

只是忘了指间还勾着一缕头发，跟着他的动作，猝不及防地被扯起来。

初萝捂着脑袋尖叫了一声："好痛！"

江炽连忙松开手，向她道了声歉，眼神里有半分局促、十分懊恼。

于他而言，算是相当少见的神色。

现在想来，都觉得那场面很滑稽。

十七岁的初萝回忆起从前，依旧是眼眸含笑，摸着下巴，再次轻声重复："真的很搞笑。"

江炽还是站在门边，看着她傻乎乎地发笑。

少年眼睛里氤氲着说不清道不明的情愫，不做表情时，嘴角也是天生向上的温柔弧度。

他慢吞吞地开口："好了，丢脸的事情就不要拿出来回忆了。"

初萝嘟了嘟嘴："没办法，谁让你一直没受过伤呢。我还没机会践行诺言、丢这个一样的脸呀。"

她倒是真没给别人洗过头。

江炽简直要被她气笑："你还觉得挺可惜的是吧。"

初萝摇摇头，也觉得这个玩笑对运动员来说不太吉利，便不说话了。

毕竟，到现在，两人都不是小孩子了。过了肆无忌惮又亲密无间的童年，什么该说什么不该说，各自都该明白。

气氛似乎陡然沉寂下来，不复原先那般松快自然。

停顿许久，终于，还是初萝率先打破安静："你回去吧，我要睡觉了。"

江炽点头："好。有事给我打电话。"

初萝把枕头从床上捞过来，垫在下巴底下，半张脸都陷入柔软之中，致使她的声音好似也变得含混模糊起来："……阿炽，加油。"

江炽低低笑了一声："会的。不是说好了吗，以后奖牌和奖金都要分你一半的。"

无所事事的时候，初萝打电话，将这件事当成一则笑话，顺嘴告诉了好友安妮。

"……真的，江炽这家伙，果然也不是一无是处。"

说话时，她语调柔和缱绻，手指一勾一勾地绕着发梢，仿佛满怀少女心事。

反正隔着电话，没有人能看见。

安妮无知无觉，只随着她一同笑，打趣似的应声："都过这么久了，你居然还记得啊。"

初萝遮遮掩掩地"啊"了一声。

安妮："我现在信你之前是真的讨厌他了，毕竟恨比爱长久嘛。"

放在上学期那会儿，初萝一定会给安妮一个"英雄所见略同"的击掌。

不过，时过境迁。

长大一岁之后，好像心态也随之潜移默化地发生了改变。

初萝拆了一颗黑糖话梅，随手丢在嘴里，眼睫微微翕动，状似无意地说："才不是呢。"

往事是一场潮湿的梦。

而时光就是这样被摇落的。

于她而言，这番感悟，没有哪一刻，比此刻，更清晰。

六月，北岱的夏天总算姗姗来迟。

不过，这里到底是雪乡，地处北方边境，不比南边，气温勉勉强强蹭到20℃关口，再热也显得清凉松快，十分舒适宜人。

期末考试之前，初萝手臂拆了绷带，重新恢复活蹦乱跳状态。

这回期末考事关高二分班和文理选科，是一学年里最重要的一次考试。各科老师天天耳提面命，迫使学生们都紧张起来，注意力也随之高度集中。

初萝之前手不好太劳累，课堂笔记抄得断断续续，很多还是靠安妮帮忙。这下，得补上前面落下的部分，每个课间都在奋笔疾书，每天忙得脚不沾地。

午饭时间，总算难得能休息。

初萝咬着筷子，朝安妮抱怨："怎么办呀安安，明年我还想和你一个班呢……"语气忧愁，但是嗓音软绵绵，倒更像是撒娇。

安妮还是高一初见时那头中短发，初萝靠在她肩膀上，脸颊被发尾擦过，痒痒的。

初萝忍不住伸手，轻轻拽了一下。

安妮也不生气，桃花眼眯成一条缝，假装叹气："还能怎么办，我给你补习呗。"

初萝眼睛一亮，脑袋"唰"地抬起来，炯炯有神地看着她。

"真的啊！这么好！"

安妮："……哪次没帮你。"

有安妮这个学霸帮忙，复习变得顺利许多。

省去那些需要理解的步骤，初萝直接按照要点总结来背，刷题也只刷安妮选的重点题型，保证每道题全都吃透，再把可能出现的变阵题型归纳起来，举一反三，效率便高速提升。

只可惜，最终的排名依旧只是差强人意。

还是和前几次一样，不上不下，正常发挥，保持中游水平。

虽然看起来和班级排名前几的安妮，相差不算很大，但放到全年级一起排名，那就是被拉开了一大截，下学期就很难进入同一个班级。

"好烦啊……"

初萝哀号。

她实在是不想继续一个人上学。

有了安妮这个朋友之后，自己似乎很难回到小学初中时那样，独来独往，承受着同学们异样的眼光。

——"她妈妈自杀了。"

——"好恐怖啊。"

——"她妈妈有精神病。"

——"啊！那不是会遗传……"

那会儿，好歹还有江炽。

有江炽陪着她。

和她坐同桌，和她一起上下学，和她一起吃饭说话。

现在，江炽一年到头没几天能在学校，陌生的班级，陌生的同学，没有朋友，岂不是要再次陷入孤寂窘境？

真可怕。

初萝长叹一口气，把整张脸都埋进了考卷和暑假作业里。

见状，安妮想要安慰她，却又有点不知道该说什么。

毕竟，考试分数是既定事实，很难再去改变。

想了想，安妮只好小心翼翼地试探问道："萝萝，萝萝，暑假你要去做什么？要不要一起出来写作业？"

"……"

闻言，初萝浑身一僵，倏地不说话了。

安妮不解："萝萝？"

半晌，初萝终于摆摆手，用很轻很轻的声音说："不行啊，暑假要陪我爸爸去度蜜月。"

"度蜜月？"

"嗯，他再婚领证了。"

期末考试结束没多久，初柘就回到家，将蜜月这件事告知初萝。

初萝十分诧异："你和张阿姨去就好了呀，我一起算怎么回事。哪有蜜月还带孩子的呀。"

初柘似乎有点不好意思，避开女儿的视线，掩饰般轻咳一声。

"……你张阿姨的意思是说，我们一家一起去度个假，不当蜜月，就当家庭旅行。因为你们俩也没什么机会好好交流，干脆就趁着这次一起，也好增进关系。再说了，我和你张阿姨都这么大把年纪了，还说什么蜜月不蜜月的，怪傻的。"

初萝有些啼笑皆非，挠了挠脸颊，讷讷："不用这么麻烦的啊。"

要和张阿姨结婚的是初柏，又不是自己。难道，自己看起来就这么像恶女儿吗？

刹那间，初萝想到大年夜那天、自己偷偷任性跑走的事情。大抵也是因此，张阿姨心里惴惴，疑心自己对她有什么意见，才会提出这种提议吧。

初萝不得不再次解释："我真的没有不喜欢张阿姨，爸爸，你跟她说说呗，说我不想去。好尴尬啊。"

这下，初柏也开始面露尴尬。

顿了顿，他才继续说："还有就是，我打算趁这个月把这套房子卖了，换一套独栋别墅。这样萝萝的房间能更大，还有电梯呢。"

"……啊。"

这件事，初萝早在第一次和张阿姨见面时，就已经偷听到了，所以也没有显得十分意外惊讶。

初柏："新房子那边还在装修，还要散散味道，现在住不进去的。"

话音落下，初萝终于回过神来。

初柏两段话连起来的意思就是，如果她不跟着一起去旅游，就没有地方可以住。

她抠了抠手指，眼神迷茫，颇有些不知所措："……啊，你们已经买好新房子，在装修了吗？"

初柘眼神里有点愧疚："抱歉萝萝，因为刚好有一套蛮不错的，怕签晚了就没了。但是爸爸觉得你一定会喜欢的。三楼最大的房间留给你，旁边的书房也给你，还有一个你一个人的衣帽间，可以放很多很多裙子……"

初萝定定地看着他。

平心而论，她一直知道，在自己父母的婚姻生活里，初柘应该是受委屈比较多的那个。所以她尽可能不想给爸爸添麻烦，也不想让他痛苦，听话又懂事。

可是，作为仅仅只是被通知的家庭成员，一瞬间，她实在有种不知道该如何自处的感觉。

心有灵犀似的，父女俩都没有继续说话。

良久，初萝长长地叹了口气，率先打破沉寂，点点头："我知道啦爸爸，那就一起去吧。"

初柘也松了口气，脸上重新爬了笑意："你张阿姨选的那个地方，我前几天看到新闻，说那边在办一个世界级的滑雪大赛，阿炽应该也会参加吧？到时候我们可以一起去看。"

"好。"

初萝点点头。

阿炽阿炽。

她的阿炽。

看到他，或许就不会这么失落了。

暑假总是值得期待的，不是吗？

第四章 / 错位时空

「爱上一个人，就好像创造了一种信仰，侍奉着一个随时会陨落的神。」

——博尔赫斯《梦中邂逅》

01

七月初。

暑意隐隐显现。

初萝花了整整三天，将所有行李尽数打包，装了十二三个纸箱。

全程，林英一直在旁边帮忙。

她动作十分麻利，但明显能看得出来，眼圈有点泛红。

"萝萝，你们真的要搬走吗？"

初萝点点头，垂眸："嗯，爸爸说这里已经挂牌出去了。"

因为这件事，林英对初柘可以说是相当怨怼，听完，忍不住低声抱怨了一句："他也太着急了。"

初萝笑笑，为初柘解释道："还好啦。最近他忙着婚礼的事情，早点收拾好，房子就交给中介了，也不用再分神操心这里。"

林英叹了口气，摸了摸初萝的头："可是阿姨舍不得萝萝啊。"

十年的上下楼邻居，两个孩子同龄，还一起长大，往来密切……说到底，关系和一家人都已经无甚分别。

更何况，林英是真心把初萝当亲女儿看。

这般乍然分别，很难不叫人感伤。

初萝抿了抿唇，刹那间，也觉得鼻子有些发酸。

临到离别，隔阂自然全消。

她伸出手，虚虚搂了一下林英："林阿姨，我也舍不得你们。不过没关系的，我去新房子看过了，距离这里很近的，打车只要十分钟。我会经常回来看你们的。"

"你们"。

林阿姨、江叔叔、江炽，还有漫长十年间的所有回忆，涵盖在一起，组合起来，成为"你们"。

如同血肉，难以割舍。

…………

如此又说了几句，林英总算被安抚好。

两人一边用封箱带封住纸箱，一边聊起旁的话题。

林英："对了萝萝，你爸爸的婚礼筹备得怎么样了？"

毕竟是二婚，还有罗挽青的事情在前，初柘不好意思大张旗鼓地操办，只订了个小场地，打算摆个八桌，邀请最亲的亲戚朋友，就当意思意思。

作为多年老邻居，江叔叔和林英自然在受邀行列。

只是林英和张阿姨不认识，也没必要去帮什么忙。

初萝摇头："我也不太清楚。"

和林英一样，在这场喜事面前，她是局外人，只需要出席去喝一杯喜酒，就能功成身退。

林英眼里藏了一点点怜悯，叹了口气："萝萝啊……"

初萝明白她的未尽之意，笑了一下，假装浑不在意的模样。

林英："那个阿姨，你们相处得怎么样？她对你态度还好吗？"

初萝："还可以，感觉张阿姨不是坏人。"

"那就好。"

林英点点头，决心换个话题："……我听你爸爸说，你们这次出去玩，想去看江炽的比赛是吗？我昨天给他打电话了，他让教练给你们留了票，到时候你打电话联系他就行。"

"……"

初萝怔了怔，默不作声地垂眸。

江炽已经知道了吗？

他会觉得她很可怜吗？

他也会为她的离开……感到遗憾吗？

初柘和张阿姨的婚礼没有发生什么波澜。

本来规模就不大，也没有那些麻烦的仪式，就在北岱唯一的五星级酒店订了个厅，和亲朋好友一起吃了一顿饭。

张阿姨是漂亮艳丽的长相，化妆师再给她化上浓妆，穿中式秀禾、梳着繁复的发型，反倒失了自然，略有几分假面堆砌感，叫人觉得累赘。

不过，她笑得很开心，挽住初柘的手臂，一桌一桌地敬酒，姿态亲密无间，羡煞旁人。

觥筹交错间，初萝恍然有点出神。

当年，罗挽青和初柘结婚时，场面是不是要比现在更盛大、更热烈一些呢？

她忍不住陷入沉思。

可能也不尽然。

那时候初柘还没有完全发迹，多半订不起这么好的酒店。

但罗挽青比张阿姨更漂亮。

只要初萝忘记那鲜血淋漓的场景，就能回想起来，罗挽青是好看得让人挑不出错的女人，哪怕表情阴郁、哪怕神经兮兮，始终还是能看得出五官精致。

在婚礼上，罗挽青也是这样笑吟吟的、眉目缱绻吗？

刹那间，初萝不可避免地觉得有些难受。

趁着没有人注意到这里，她悄悄从主桌离席，弓着腰，独自溜出了宴会厅。

宴会厅外面是一条长长的密闭走廊，铺着厚重的地毯，两边墙上挂了一些艺术画，意味不明，沉闷得让人透不过气来。

初萝脚步不停，一路往外，直到走廊尽头，视野一下子开阔起来。

这处是空间挑高的设计，底下就是酒店大堂。

入住退房的人流来来往往，站在栏杆边，基本可以一览无余。

初萝心脏松了松，长长地吐了口气。

她从口袋里摸出手机，点开通讯录，找到某个早已谙熟于心的号码。

指尖悬空，停留在拨号键许久。

终于，她下定决心，轻轻地按下去。

"嘟——"

"嘟——"

"嘟——"

三声响后，那头的人接起了电话。

少年的声音很柔和，带着阳光干燥温暖的气息："萝萝？"

初萝垂下眼，一只手握着手机，另一只手轻轻掐着手心。

"……阿炽。"

江炽低低笑了一声："叔叔他们的宴会结束了吗？"

初萝愣了一下，反应过来："你怎么知道的？"

江炽："我妈说的。"

"哦。"

初萝抿了抿唇："还没呢，估计还要一会儿。"

江炽："你一个人在外面吗？还在酒店里？"

闻言，初萝心底倏地有些恼火，脚下徘徊："……你怎么样样都猜得到。"

青梅竹马就像这样吗？

因为在一起的时间足够长，对于互相的生活细节、习惯、脾性都太过了解，所以什么都藏不住瞒不住。

可是，相对地，她却看不透江炽。

这样实在好不公平。

江炽并没有生气，只是温和地说着："我知道你会打电话来。"

所以，这个点，他很反常地没有在做体能基础练习，而是一个人待在休息室里。

手机就放在手边。

不用等太久，最多四十分钟，小姑娘就会来电。他确定。

"萝萝，日升月落、聚散离合是自然规律。"

初萝飞快应声："我知道的。"

要不然，她也不会那么爽快地认可张阿姨。

但是心里的别扭不能一时半会儿消除。

特别是在他们俩领着她去参加尚在装修中的新家时，这种别扭感到达顶峰，无法化解，一直沉甸甸地压在胸口，直到此刻依旧如此。

听初萝语速这么着急，像是在自我说服，江炽沉默半秒。

可惜，两人隔着千里远，没法摸摸她的头发安慰她。

顿了顿，他转开话题："我听说，你们之后会来看比赛。"

"嗯，应该会。"

闻言，初萝挺直背脊，打起精神。

江炽："票已经给你们留好了。到时候你提前打电话给我就好。"

虽然林英早已经说过，但初萝还是再次向他道谢："好，谢谢。"

江炽又笑，喊她"萝萝"，语气亲昵，如同在喊自己的亲妹妹。

他问："你是不是从来没看过我的比赛？"

初萝半倚在栏杆上，仔细回忆了一下："……好像是。"

江炽："那你早点来。我等你。"

电话挂断。

阴霾顷刻一扫而空。

初萝确信，江炽这句"我等你"，一定是郑重的承诺。

无关其他冗杂感情，只是承诺。

他不会骗她的。

因为江炽是她的太阳啊。

婚礼结束，张阿姨正式和初萝成为一家人。

家庭旅行也近在眼前。

出发前一晚，也是初萝在这间屋子住的最后一晚。

纸箱都已经打包运去新房子。那边是独栋别墅，东西可以放在私家车库。

现在，这套叠拼里，上下两楼，全数被搬空，只余几件生活必需品，如牙刷毛巾之类。初萝明早用完，再全部收到行李箱里，带去旅行。

不知不觉中，夜越来越深。

初萝在床上翻来覆去，还是辗转难眠。

她轻轻地叹了口气，爬起来。

她没开灯，只是拉开了窗帘，趴在窗边，撑着下巴默不出声地望着窗外。

今夜无云，月亮高悬天际，想必明天会是个适合出门的好天气。

只是，月光微凉，无端显得凄清。

视线尽头的云杉树四季如一，遥遥望去，像个夜色里的卫兵，队列整齐，守卫着每一轮月亮。

初萝发了会儿呆，蓦地，整个人忍不住瑟缩了一下。

虽然是夏天，但毕竟是北方地区，深夜还是会有点冷。

她冲着云杉树摆摆手，低声说："晚安啦。"

从此以后，这般月夜，大抵只能在梦境中相见。

初萝第一次坐飞机，出乎意料地，并没有太过兴奋。

可能是因为前一晚没有休息好，托运值机安检又耗费了一些精力，飞机一起飞，她便靠在椅背上睡了过去。

再次睁开眼，广播里，空姐已经开始提醒。

"本次航班预计还有三十分钟抵达目的地，现在飞机已经开始降落，请各位旅客回到座位，收起小桌板……"

初萝揉了揉眼睛，瞥见旁边座位，初柘和张阿姨正交头接耳，低声聊着。

她默默移开视线，习惯性地摸摸手臂，感觉皮肤被空调吹得冰冰凉凉，像是有寒气在氤氲。

初柘敏感地注意到了初萝的小动作。

他转过头，脸上带笑："萝萝睡醒了？"

"嗯。"

"饿不饿？"

"还好。"

初柘想了想，告诉她落地后的计划安排："我们先去酒店放好东西，然后再吃饭。萝萝想吃什么？火锅好不好？"

初萝没意见："可以啊。"

初柘："我们在这里会玩五天左右，下周再去隔壁市。江炽在那边比赛吧？你跟他打电话说过了没有？"

初萝点点头："打过了。"

初柘笑起来，摸摸她的头发。

"你们俩一直关系好。你从小就喜欢跟着他跑。挺好的。"

初萝有些不解："哪里好？"

阴晴圆缺、聚散离合，都是自然规律。

等两人长大之后，终究还是要分道扬镳。回忆起一起长大的经历，除了遗憾，还能剩下什么呢？

她不理解初柘的意思。

不过，这一切乱七八糟的胡思乱想，在五天后见到江炽的一瞬间，尽数化为泡影。

夏日暖阳中，高个子的清瘦少年大步朝她走来。

"萝萝。"

江炽走到初萝面前，慢条斯理地喊了她一声。

停顿片刻，他又伸出手，轻轻摸了摸她的脑袋："一路上还好吗？有没有哪里不舒服？"

初萝摇摇头，闷声说："挺好的。阿炽，我爸和张阿姨要去看小品，我不想去。你带我去吃饭吧，行不行？"说完，她仰起头，满脸期盼，直勾勾地盯着江炽的脸。

好像不知不觉中，又回到了十来岁，那么想要依赖这个邻家小哥哥。

江炽笑了起来，比平时没表情时，嘴角上勾弧度大很多，桃花眼里也落了细碎的微光，炯炯有神。

"当然行。"

晚餐时间，火锅店人头攒动。

初萝和江炽到得早，比第一波客流更早，菜品就上得很快，一碟一碟，林林总总，有荤有素，摆满了整张四人桌。

没多久，热气开始蒸腾而上，锅底也"咕嘟咕嘟"冒起泡泡。

江炽给初萝涮了一筷子羊肉片。

"听说这家热气羊肉很正宗，萝萝，你多吃点。"他语调温吞，不紧不慢的。

在这种吵闹的地方，就很像是错觉，好像一不小心就会忽略过去。

但幸好，两人坐在最里面的位置，有个大柱子挡着走道，占了一大片空地，周围没能放几桌。热闹大多来自更远处，互相的声音都不会被对方错过。

初萝点点头，先给安妮回了一条"我去吃饭啦"，接着，便放下手机，拿起筷子。

面前小碗里，此刻，已经装了小半碗肉。是江炽烫好夹给她的。

初萝动作微微一顿，低声问："你不吃吗？"

江炽笑："我们今天不能在外面吃东西。你吃吧，我刚刚已经在食堂吃过了。"

第二天就是预赛。

虽然不是重量级大赛，但也是国际赛事，还有国家队的领导观赛。国内所有备赛明年冬奥的种子选手，悉数报了名，各自的动作难度也都很高。

对此，各个教练非常重视，早就进行了各种耳提面命。比如说，临赛前，运动员需要绝对小心，不能吃外面的食物。不仅仅是怕兴奋剂之类，也是怕吃坏了肚子，影响竞技状态。

因而，江炽只能在旁边看着初萝吃，帮她涮涮菜。

初萝"啊"了一声，这时候才反应过来。她非常不好意思，咬了咬唇，迟疑："……是不是很麻烦你？"

本来嘛，初萝是觉得，江炽既然都特地出来接他们了，肯定是自由活动时间。

而且刚刚在动车上，她也发消息问过江炽。江炽主动说今天休息，可以带他们在附近简单逛逛。

初柘和张阿姨早已经计划好要去现场看小品舞台，初萝没什么兴趣，这几天旅程中也觉得拘束，这才迫不及待地想和他们分开行动，和江炽一起。

哪想到，江炽并不方便。

或许，只是客套一句，唯有她这个笨蛋当了真。

没等江炽回答，初萝垂下眼，低声喃喃："你干吗不拒绝呀。

我去酒店睡觉也行啊……其实我们前几天刚吃过火锅，不一定非得今天来的。"

语气里颇有点嗔怪之意。

江炽被她逗笑，又给她烫了几片菜叶，放在骨碟中："真的没事，只是不能吃外面的东西而已。其实，其他人也都跑出去玩了。"

初萝："赛前不需要保持状态吗？"

江炽点头："需要，但是精神放松会更好一点。明天只是预赛而已，技术动作的难度不高，像平时一样正常发挥就行。"

初萝虽然早就不能继续花滑，但之前也曾经参加过一些比赛，还算了解。

她点点头，故作轻松："那你就看着我吃吧！"

"好。"

不过，被江炽的目光注视着，让人很难保持镇定。

初萝吃了几口，有点味同嚼蜡的感觉。

她频频抬头想去看他，回过神来，又在半途紧急刹车，拼命抑制住自己。

江炽似乎发现了端倪，主动开口，同她说话："萝萝最近睡得还好吗？"

初萝："还可以。"

江炽追问："没有失眠吗？"

"之前一直在打包收拾，这几天白天又在外面玩，每天都太累了，躺下就睡了，也没有失眠。"她低声解释。

当然，这是谎话。

陌生的空间，陌生的床，身体再累，好像也难以入眠，全靠白天在车上睡觉。

汽车摇摇晃晃，像摇篮，是天生的安眠药。

今天也是。

全靠在动车上睡了会儿，要不然初萝应该会顶着一对黑眼圈来见江炽。

特别是她皮肤还白，黑眼圈比旁人显得更重更显眼。

听她说完，江炽点头："那就好。等我回去，到时候再陪你去医生那里检查一下，好不好？"

初萝咬着筷尖，思索许久，轻声问："……你什么时候会回北岱啊？"

江炽想了想，告诉她："12月底开始冬奥选拔，结束之后应该会有假期。"

初萝"啊"了一声，声音里掩不住失望："要明年了啊……"

"嗯。"

随着一个单音节字被挤出来，两边气氛陡然沉寂。

火锅还在一直煮着。

蒸汽霭霭，烫得人眼眶发紧。

初萝用筷子有一下没一下地搅着调料，把麻酱搅得四下纷飞，流离失所，直到沾满碗沿。

桌对面，还是江炽率先打破沉默。

他说："萝萝，听话，就几个月而已。你可以经常给我打电话。"

初萝嘟了嘟嘴，哼了一声："那你怎么不给我打呢！"

"我给你打的话……"江炽滞了滞，没把后面的话说出来，转而岔开，"你不是交了个好朋友吗？她可以陪你，她叫什么名字？"

初萝果然被他带偏，睁大眼睛，赶紧介绍起来："安妮。她叫安妮。也是我们班的啊，你没印象吗？她长得很好看的！"

江炽没说话，眼神却肉眼可见地黯淡下来，眸光深处，藏了千言万语。

这会儿，初萝正注视着他，当然注意到了他的眼神变化。

她拧起眉，脱口而出："我突然发现，你们长得好像……"

一样清瘦又精致的脸颊线条，一样迷人的桃花眼，一样嘴角微微上扬的弧度。

甚至，连讲话语气都有点像——都是温和的调调，不急不缓，娓娓道来，让人觉得很有安全感、很值得信任。

但毕竟，世界上好看的人都有相似之处，初萝本来还没这种感觉。

直到此刻。

直到江炽露出这种眼神。

一瞬间，两人的面孔在脑海里重叠交错，再分开，旋转不休。

初萝猛地抱住了脑袋。

"萝萝？萝萝……"

天旋地转间，江炽焦急的声音像是从虚空传来，若有似无，再听不分明了。

好冷啊。

初萝身体颤了颤，眼皮越发沉重。

失去意识前，她听到火锅店切了背景音乐。

音响里，轻快的女声正在唱："所以说永远多长永远短暂，永远有遗憾……"

是之前她在班里哼的那个调调。

当时，安妮还特地偷偷查了歌名。

这首歌叫《答案》。

…………

最终，初萝也没能现场看一次江炽的比赛。

因为她在火锅店晕了过去，当即就被送往医院。

赛前，江炽不能外宿，便在路上联系了初柘。他等初柘和张阿姨赶到医院，把人交给两人之后，才在教练的夺命连环 call 中匆匆离开。

夜色浓稠，深不见底。

02

初萝睁开眼。

入目处，环境很是有几分熟悉。应该是在医生的病房里。

她小时候住过好长一段时间。

这病房和普通病房不一样，并不是一片白色、充斥着消毒水味道的房间。单人单间，家具不多，但病床睡着很柔软舒服，中央空调是二十四小时开启状态，四季恒温。

墙壁刷成了具有镇定效果的浅蓝色，地面铺满了柔软的长毛地毯，房间里还点着安神香薰。

甚至，连窗帘都有两层，一层遮光，一层薄纱。

打开窗，风会将窗帘吹得飘飘荡荡，像被一只无形的手温柔地抚摸着，无端显得很有些诗情画意。

大概因为这是医生自己开的私立医院，挂号价格贵，设施就弄得非常豪华，力争让每个患者都觉得物超所值。

初萝坐起来，揉了揉额头，目光四下转了一圈，不免有些愕然。

怎么来这里了？

她不是在和江炽一起吃火锅吗？

············

尚未来得及多想，病房门被人推开。

　　熟悉的面孔走进来，朝着初萝笑了一下："萝萝，好久不见啦。"

　　初萝瞪大了眼睛，讷讷："……徐医生。"

　　徐医生笑着问："你都好久没有来看我了。是还在怪我没让你继续滑冰吗？"

　　说着，他坐到病床对面的沙发上，明显是不打算离开，要和她促膝长谈。

　　初萝半天没说出话来。沉默良久，她才嘟囔着开口："徐医生，我最近身体很好，身体好看什么病呀……你这里不会是快要倒闭了，才想要来赚我的钱吧？"

　　徐医生鼓掌："我们萝萝真是越来越会开玩笑了。"

　　说话间，初萝骤然觉得有点冷飕飕的，连忙把被子盖上，严严实实地拢住全身。

　　"徐医生，房间里没开空调吗？"

　　"开了。你觉得冷吗？"

　　"有点。"

　　徐医生"哦"了一声，拨了个电话出去，让中央控制室把暖气打高一点。

　　"这几年的冬天确实来得越来越早了。"他说。

　　初萝被这句话吓了一跳，愣愣地问："冬天？现在已经冬天了吗？不是暑假才刚刚开始吗？"

　　徐医生："现在是 11 月初。对北岱来说，应该算是冬天了吧？

都开始集中供暖了。萝萝，你已经在这里躺了几个月了。"

他的声音里没有怜悯，专业到几近冷酷。

初萝愣神时，他还在继续说："萝萝，你真的不能再继续睡了，要打起精神来啊。"

"……"

这个答案太过震撼，初萝有点不知所措。

好半天，始终保持着愕然的神色，与徐医生四目相对。

她人本就又白又瘦，脸也就巴掌大，下巴还是尖尖的，看起来非常羸弱。再搭配上一双秋水盈盈的大眼睛，显得可怜兮兮。

徐医生同她熟悉，免不了被她看得软了心肠。

"萝萝啊……"

下一秒，初萝便出声截断他："徐医生，我知道。没关系的。那我现在醒了，能出院了吗？我得回去上课呀。"

听她这么问，徐医生欲言又止，好半天才答道："明天还要做个检查，没问题的话就可以回去上学了。"

初萝点点头："好呀，谢谢医生。对了，我可以玩手机吗？"

"可以的。手机在旁边的抽屉里，你爸爸给你带来了。"

语毕，徐医生又悉心关照了几句，大多是些细枝末节，无关病情。

顺便还问了她想吃点什么，得到"麻辣烫"的回答之后，笑着颔首："等会儿我让护士小姐姐给你送过来。"

等徐医生走后，初萝探身，去旁边找到了自己的手机。

手机几个月没用，早就已经没电关机。

幸好，初柘没忘记把充电器也一起带过来，就放在手机旁边。

床边没有插座，初萝必须得去病房配的卫生间里充电。

她跳下床，踩着地毯，走进卫生间，再熟门熟路地找到隐蔽在角落的插座。

几分钟，手机就已经可以开机。

刚连上网，"唰唰唰"一下子跳出来许多消息。

先是来自安妮的。

她发了很多条。

安妮：萝萝，旅行怎么样了呀？最近几天怎么没有消息了？你见到江炽了吗？我看网上说，他又拿了金牌。你们现在在一起吗？

安妮：你是手机丢了吗？

安妮：萝萝，你看到消息记得联系我哈！

…………

安妮：我听老师说了，萝萝。

安妮：你会没事的。

在所有关心初萝的人中，只有安妮是没有渠道接到消息的。

别人——比如江炽一家，初柘有联系方式，应该会告诉他们情况。

更何况，当时，江炽就在她旁边，压根不需要转述。

……或许，本来也没几个人关心她。

安妮是她"唯二"的朋友。

初萝垂下眸，扯了扯嘴角，苦笑一声。

但她心里有点过意不去，没顾上悲天悯人，立马开始打字回复：安安！我已经醒啦！别担心！我没事啦！估计下周就会回来上学的～。

发送成功。

初萝等了一会儿，没等到回复。

想到安妮这个时间应该还在上课，她便切出页面，再去看其他消息。

剩下就都是些广告短信和推送。

她光脚站在病房卫生间的瓷砖地面上，抿着唇，一条一条把那些未读的小红点点掉，然后，拨通了另一个好友的电话。

这次，对方接得很快。

"阿炽——"

初萝轻轻喊了一声。

江炽的声音温和，像是某种乐器，戛玉敲冰似的好听，哪怕分别数月，依旧没有陌生感："萝萝，我在。"

因为对初萝来说，昨天才听过。

时间，于她而言，只是一场梦而已，并不会落下什么痕迹。

她脸上不自觉噙了笑意，语气有点撒娇："阿炽，我能出院了，你会来接我吗？"

入夜。

窗外冬意凛然，北风啸啸。

病房里还是温暖如春。

甚至，因为初萝的强烈要求，还在暖气中加开了热空调，热得像是在蒸桑拿。

到这个点，安妮总算结束晚自习，回了电话。

病房里没电视，初萝无所事事，正一边吃刚刚剩下的麻辣烫，一边刷手机。

所以，当屏幕上跳出来电显示，她能立马接起来，一秒都没有迟疑。

"安安？"

安妮难得语速那么快，叠声开口："萝萝你终于醒了！太好了！"

闻言，初萝爽朗地笑一声，丢了勺子，抽过枕头抱在怀里，用下巴抵住，握着手机，做好促膝长谈的准备。

"安安，不好意思呀，一直没回你消息。"……让你担心了。

最后那句话她没好意思说出口，只能在心里补上。

安妮："没事没事，你没事就好啦。我一直在等你回来呢。"

她语速慢下来之后，还是显出了温软亲和的调子。

那种奇怪感觉再次出现。

此刻，病房里没有拉遮光帘，只有一层薄纱帘，虚虚地掩着夜色，但还能若隐若现地看到明亮月光。

初萝望着窗外，意外发现，这个窗外竟然也有云杉树的影子。

枝干沉默挺拔，和月亮遥遥相对。

她沉默数秒，倏地，出声问道："安安，你知道我得了什么病吗？"

一般人，昏睡好几个月不醒，这会是常见的事情吗？

为什么安妮并不好奇呢？

听她这么反问，安妮明显愣了一下，迟疑："难道不是睡美人综合征吗？"

初萝瞪大眼睛："……什么是睡美人综合征？"

说着，她已经把手机拿到面前，打开扬声器，再切出网页界面，开始搜索。

百度百科飞快跳出解释：

克莱恩·莱文综合症，又称睡美人症候群，是一种会反复出现过度的睡眠及行为改变的疾病……

电话那端，安妮已经在反问："难道不是吗？"

初萝笑起来，摇头，慢声作答："不是。不过那也不是很重要。"

原来是安妮太聪明、太过博学多才，先自己给自己解答了所有疑惑。

　　原来如此。

　　初萝也说不清自己在脑补些什么，只是兀自松了口气。

　　没有纠缠这个话题，两人兴致勃勃地聊了些学校里的事情，还有最近发生的一些趣闻，这才恋恋不舍地挂了电话。

　　"安安，下周见。"

　　"嗯，下周见。"

　　次日，北岱市气温已经进入零下。

　　阳光再好，也只是徒劳。

　　中午之前，徐医生给初萝签了出院许可，让初柘能把她领回家去。

　　初柘是开车来的，但医院没有地下停车库，只能停在马路斜对面的露天停车场里。

　　从医院大门走，还要五分钟左右，才能抵达停车位。

　　一踏出去，初萝被初冬寒气冻得一个哆嗦，条件反射地退回了门内。

　　初柘停下脚步，回头看她："萝萝？还是很冷吗？"

　　初萝从盛夏睡到初冬，身上只有当时那身夏装。

　　经张阿姨提醒，初柘来时，还没忘记给她带了一身厚外套。

　　但看起来好像并不够用来抵御寒冷。

　　初萝本就皮肤白，被风一吹，这会儿，整张脸像纸一样雪白雪白，一点血色都没有。

初柘立马把自己的外套脱下来，披到她身上。

"车上还有围巾和手套，萝萝你等等，爸爸去给你拿来。"

初萝下巴埋在宽大男式衣领里，赶紧阻止他："没事的，我们一起跑过去好了，不要折腾啦……其实，也没有那么冷。"

说着，她将手穿进袖子里，做了个深呼吸，再抬头看向初柘，示意他在前面带路。

下一秒，父女俩齐齐迈步跑起来，一同闯入冰天雪地的寒风中。

等跑到车上，暖气打开，初萝才终于勉强活过来。

她颤抖着脱了初柘的外套，整个人都快要贴到空调出风口上。

见状，初柘笑了笑，又有点心疼，摸摸她的头发，忍不住感慨道："小时候没见你这么怕冷。摔在冰面上，都能就地坐下休息呢。"

初萝嘟嘟嘴："这两年好像特别冷，以前没有这么冷呀。而且，运动的时候本来就会热嘛。"

初柘连连点头，百依百顺："对对对，萝萝说的都对。是怪气候不好。"

顿了顿，他想到什么事，又解开安全带，侧过身，伸手去后座翻找起来："围巾戴着吧，一直放在车上，现在应该还是温的……"

不多时，初柘从后座的某个纸袋里翻出围巾和手套，整个儿拎给初萝。

"这是你张阿姨准备的，她现在应该已经做好午饭，在等我们了。我们萝萝去新家的第一顿，做的都是你爱吃的菜。"

闻言，初萝笑意淡了一点，乖乖点头："……到时候我会谢谢张阿姨的。"

她没再讲话，将袋子里的围巾摸出来。

围巾是羊绒材质，入手绵软舒适，也确实还带着一点点若有似无的温热感，并不冰凉。

光线从车窗外四面八方地投射进来，使得这条围巾的红色映出融融暖意。

初萝愣了一下，低声讷讷："这条围巾……"

初柘已经发动了轿车，正打算将车从车位里开出去。听到她自言自语，他斜扫了一眼，有些莫名，问她："围巾怎么啦？这是你的呀。我从你的箱子里拿的……萝萝你放心，你的东西我们什么都没动，就今天才拆了一个箱子，拿了你的衣服什么的。"

他喋喋不休，像是在解释，也像是随口闲聊。

初萝却什么都没有听进去。

她怔怔地看着这条红色围巾，脑海里闪过许多模糊不清的画面，一帧一帧，像是卡带的黑白老旧影片。

最后，画面定格在安妮的脸上。

去年冬天，两人一起去滑冰，安妮就戴了这样一条红色围巾。

和这条完全一模一样。

"……总之，你会喜欢我们的新家的。"初柘总结陈词。

但并没有得到回应。

他一边打方向盘，一边扭过头。

霎时间，轿车一个急刹。

"萝萝？萝萝！萝萝你怎么了？！"

无人回答。

初萝捏着手中这条红色围巾，倚靠在副驾椅背上，合着眼，再次陷入无尽沉睡之中。

··········

初萝迷迷瞪瞪地睁开眼，盯着天花板，发现自己再次回到了那间病房。

她吓了一跳，人条件反射般"噌"一下弹了起来。

下一秒，旁边传来江炽温和的声音，带了一点点亲昵的揶揄："……是我们的睡美人萝萝醒了。"

初萝立马看过去。

此刻，江炽正坐在不远处的沙发上，旁边坐了徐医生，另一边则是搁着他的雪板。

两人刚刚明显是在说话，似乎也猜到了初萝即将醒来。

初萝看着江炽的脸，以为自己在做梦，表情还有点呆呆的，磕磕绊绊地问道："现在是……什么时间啊？"

江炽怎么会在这里呢？

他的冬奥会选拔结束了吗？

结果怎么样呢？

看他的表情，似乎还挺轻松，是通过了吗？

初萝静静地端详着他。

江炽与她四目相对，并不转开视线，只是温和地笑了一声："现在是十二月。"

"啊……"

这次，昏睡时间倒是不长。

江炽："我听徐医生说，你可能快要醒了，所以过来看看你。"

闻言，初萝点点头，有点不好意思，轻咳一声，率先挪开目光："那你的选拔……"

江炽答："还没有开始。晚上的航班过去。"

初萝瞪大了眼睛："今天晚上？"

"嗯。"

"那你是不是马上要走了？"

寥寥几句话的工夫，徐医生已经悄然离开病房，将空间全数留给男孩和少女，让他们能多聊一会儿。

江炽仍旧好整以暇地坐在沙发上，摸出手机，看了眼时间，不急不缓地说："还能陪萝萝吃个饭。想吃什么？"

"……"

这回，又是醒来、起床、吃饭，宛如场景再现。

但心情却大不相同。

初萝扬起大大的笑脸，飞快地说："麻辣烫！"

吃完热腾腾的麻辣烫，江炽起身，在初萝依依不舍的目光中背上雪板。

"萝萝，我先走了。"

江炽轻轻拍了拍她脑袋。

初萝头发细软，发质也好，宛如绸缎擦过指尖。

从青葱般的修长手指间滑落，偏偏又依依不舍地勾缠不休。

事实上，初萝浑身上下，每个细胞都在叫嚣着，不想让江炽走。

当然，也只能在心里想想。

选拔赛是事关江炽前途的最重要事情，如果通过，说不定，北岱一中就要再出个冬奥奖牌选手了。他们约定好的，他会给她拿回很多很多奖牌，然后分她一半，弥补她无法继续滑冰的缺憾。

她只是有点害怕，也有点寂寞，不自觉想和江炽多待一会儿。

但因为上回的前车之鉴，出于安全性考虑，这次，徐医生没有允许初萝直接出院，让她再留几天，观察观察情况。

因而，她也没法去机场送江炽。

思及此，初萝颓丧地叹了口气，小声说："好啦，拜拜……阿炽，要加油啊。"

"会的。"

江炽在她手里放了一颗黑糖话梅，安抚似的笑了笑，这才转身离开。

修长的清瘦背影悄然消失在门外。

光影明灭间，这个画面，就如同青春电影的某个场景，一帧一帧，带着索然与注定的意味。仿佛无论谁来阻止，都对一切未知的发生束手无策。

初萝坐在病床上，支着下巴，有些怔愣。

不知道为什么，她的心跳蓦地沉重了一些。

不多时，徐医生重新走进来。

"萝萝？萝萝？发什么呆呢？"他伸手，在初萝眼前晃了晃，试图唤醒她离家出走的注意力。

初萝眨眨眼，回过神来，颇有些不好意思，讷讷："徐医生……"

徐医生笑眯眯地看着她："怎么了，舍不得江炽啊？"

"……"

"你们两个小朋友，关系是真好。一起长大的就是不一样。"

从很小的时候开始，徐医生就是初萝的主治医生。

自然，他也很早就认识江炽了。

初萝："对呀对呀，那徐医生，我能不能去机场送一下江炽啊？现在打车还追得上。"

闻言，徐医生二话没说，劈头盖脸就是拒绝："想都别想！这回你要是又一个人晕倒在外面，我可不管你了！"

"……那好吧。算啦。"

初萝只能歇了心思，气鼓鼓地躺下，别过头不说话了。

徐医生无可奈何，按铃让护士进来给她做了个全面检查。全部弄完之后，又低声安抚道："萝萝乖，再睡一会儿，明天起来看看情况。观察几天，要是没什么问题的话，就又能出院了。"

"哦。好。"

等徐医生离开，初萝又去卫生间简单洗漱了一下，才合上眼。

她睡了那么久，才清醒没几个小时，本来应该是毫无睡意的，但不知道是不是因为身体机能下降，只闭眼没几分钟，再次陷入睡眠。

这次，初萝睡得一点都不安稳。

她似乎没有在做什么梦，只是单纯地没法睡熟。半梦半醒里，各种不好的预感一个接一个，接踵而至，砸向心底深处。

自始至终，初萝一直在无意识地翻来覆去，身体微微颤抖。

像是灵魂都在悲鸣。

深夜，初萝在一片黑暗中睁开眼。

胸口拼命起伏，呼吸急促。

她用力做了几个深呼吸，压抑着失控的心跳频率，伸出手，想去床边柜上摸手机看一下时间，但摸了个空。

咦？

睡觉前明明是把手机放在那里的啊。

奇怪。

初萝有点不解，干脆爬起来，打开病房顶灯。

手机确实没在那里。

哪里都没在。

她在病床附近找了一圈，又去沙发附近转了转，找来找去，依旧没找到。

此刻，房间里静悄悄的，寂静得一点声响都没有。无端生出些许诡异与荒诞气氛，像是身处另一个世界之中。唯有窗外微凉月光，和影影绰绰的云杉树，始终一如过往。

不知不觉中，初萝再次心跳加速。

她没有犹豫太久，赤着脚，踩过柔软地毯，快步跑出病房。

走廊也铺了地毯。

这里是徐医生的医院，和普通医院不太一样，哪里都不会惨白冰冷，始终秉持着"病患至上"的原则，弄得暖融融的，务必保证柔软又舒适。

初萝熟门熟路地跑出去，找到了值班护士台。

护士台只有一名护士值班，正盯着屏幕，表情严肃。她余光瞥见初萝，连忙叫住初萝："萝萝？这么晚了，你怎么跑出来了？有什么事吗？"

"姐姐，是你啊。"

这护士初萝之前也是见过面的，只是不太熟悉，叫不上名字。

她在对方面前站定，低声开口："我的手机不见了，能不能借你的手机打个电话，我想给自己打个电话，找找看在哪里。"

虽然她的来电提示只有振动声，没有铃声，但在这么安静的地方，照理来说，一点点微弱动静都会很明显，总比自己这样无头苍蝇似的乱找好。

护士姐姐没有怀疑，爽快地答应："行呀，你拿去用吧。"

初萝低声道谢，接过对方的手机，只不过，刚解开屏幕，动作便陡然定格在原地。

"咚！"

手机从少女的手中滑落，掉到地毯上，发出沉闷的一声响。

护士姐姐抬起头，刚好对上了初萝怔忪的神色。她吓了一跳，连忙问："萝萝？怎么了？哪里不舒服吗？"

初萝没说话，还是僵立在原地，片刻，眼圈慢慢地红了，嘴唇微微翕动，一副泫然欲泣的表情。

她一句话都没有说，转身就往电梯方向跑去。

"萝萝！等一下！你要去哪里！"

护士姐姐在后面高声呼唤，惊扰了这个寂静的夜。

但绕出护士台时，初萝早已经冲进了电梯。

电梯门在数米远外缓缓合上，再也阻挡不及。

她不得已，只能按响了警报铃，又通知了楼下保安亭，让保安赶紧在门口拦住初萝。

徐医生被叫醒，匆匆赶到。

听护士说完，他蹙起眉，低声问道："……你让她看你的手机了？"

护士不明所以地点头："她说她找不到自己的手机了，想借我的打电话用一下。但还没打呢，人就突然跑了。"说着，随手解开锁屏，瞟了一眼。

晚上只有一个值班护士在，她一直忙着登记和写交接日报，很长一段时间没顾得上看手机，屏幕上积攒了不少未读信息。

除了私人消息和广告外，还有新闻头条弹窗之类。

此刻，状态栏拉下来，第一条就是北岱速报。

——今日傍晚，北岱市青年滑雪运动员江炽发生重大车祸，为救路中间十岁男孩被卡车撞飞，生命垂危，目前正在北岱中心医院紧急抢救中……

徐医生长长地叹了口气，穿上白大褂，低声说："初萝的手机是我拿走的。"

"啊……"

"联系过保安室了吗？好，你再给她家长打电话通知一下。

我下楼去看看。"

对于北岱这种雪乡而言，"夜凉如水"已经不足以形容冬夜。

准确来说，是"夜凉如冰"。

初萝没有穿鞋，赤脚踩在冰冷地面上，整个人瞬间冻得失去知觉。

但她丝毫没有产生退缩之意，径直穿过灯火通明的门厅，风一样冲了出去，飞快将保安"喂喂喂"的阻拦声抛到身后，跑到马路上。

室外，地面结了薄薄一层冰。寒风阵阵，好似马上就要下雪。

夜太深，路上车辆极少。

初萝顺着路边一边向前奔跑、一边频频回头看，试图等到一辆空车经过。

她走得急，没有拿外套，只穿了一身单薄的病号服，还是私立医院特供版，柔软又单薄。为了穿着舒适，也为了方便做检查，几乎没有御寒能力。

夜风吹动时，衣摆猎猎飞舞，像是将要载着主人迎风而去。

要是能飞就好了。

要是能飞，她就能立刻飞去江炽身边，就能立刻知道他现在怎么样了。

怎么会生命垂危呢？

明明几个小时前，他还笑着在陪自己吃麻辣烫啊，还在温柔地喊她萝萝啊。

是不是看错了名字？

北岱叫"江炽"的滑雪运动员，会不会还有别人？

还是说，自己现在还没有醒过来，依旧是在噩梦中呢？

…………

初萝眼眶发烫，忍不住开始胡思乱想。

幸好，终于有空车经过。

她摸了摸口袋，从病号服里摸出一张百元现金，立马跳上车，哽咽着说道："师傅，去中心医院。麻、麻烦快一点……"

出租车飞驰而去。

后排，少女眼泪潸然，抽抽噎噎，难以自抑。

北岱漫长的冬日，像是难以结束的噩梦，年复一年，周而复始，烙印在骨骼之中。

直到此刻，初萝不得不将过去数年的所有自我催眠尽数推翻重来。

她讨厌江炽。

讨厌江炽的优秀，也讨厌他的闪耀，讨厌他性格那么好、那么多人喜欢他。

在他面前，自己那么渺小、那么可怜、那么孤单，总是无理取闹。

没有人爱她。

没有人在意她。

她讨厌江炽因为可怜她，才对她好。

直到此刻，直到快要失去他的时刻，初萝终于敢承认，从小到大，她最喜欢江炽了。

她最好的朋友。

她的太阳。

"……阿炽，别离开我。"

喃喃低语声，飘散在十二月的空气里。

没有人听见。

03

夜色如墨般浓稠。

道路漫长得看不到尽头。

初萝擦干眼泪，将口袋里那张一百大钞塞给司机，再次重复了几遍"快点"后，也已经没有什么可以做的了。

她蜷缩成一团，脑袋靠在车窗上，整个人看起来恹恹。

窗外，路灯光线穿梭不停，有种如梦似幻的不真实感。

大约二十分钟后，司机把车靠路边停下。

"小姑娘，到了。你等等，我给你找钱……哎！别走啊！"

话音尚未落下，初萝早就已经跳下车，迫不及待地跑远了，只留下一道闪电似的身影。

这个点，中心医院依旧人声鼎沸。

初萝在护士台问了一圈，跌跌撞撞，总算得到了江炽的消息，说他还在抢救中。

她便又找去抢救室。

路上，初萝精神恍惚一刹，不知道踩到了什么，或许是玻璃碎片、小石子之类，脚底被划出几道伤，簌簌地冒血，引得许多目光投过来，似乎惊愕又好奇。

她恍若未觉。

只知道，自己必须立刻赶往江炽身边。

幸好，医院一路都有指示牌，没再发生太多波折。

走廊尽头，抢救室门口亮了红灯，远远就能望见。

像是死神的镰刀，在深渊里，折射出红色血月的光，刺眼又灼目。

那边，林英和江叔叔都在。

初萝跑过去，气喘吁吁，声音干得几乎说不出话，磕磕绊绊地问："林、林阿姨……阿炽……阿炽怎么……"

"啪！"

一声脆响，回荡在惨白的、充斥着消毒水气味的空间，振聋发聩似的。

林英一巴掌甩到初萝的脸上。

初萝猝不及防，被打得偏过头去，整个人也愣在原地，半天没有动弹。

脸颊火辣辣的。

连带着，眼眶也开始发烫。

林英的声音变得模糊不清，像是从虚空中传来："……都是你！如果不是为了去看你，江炽根本不会改航班，也根本不会走那条路！要不是你，他压根不会出车祸！阿炽要是出什么事，我不会放过你的！"

话音刚落，不过刹那间，林英自己好像先一步后悔。没等江叔叔上来阻止，她捧住了初萝的脸，流着泪道歉："萝萝，对不起，对不起，阿姨不该迁怒你……"

认识这么多年来，这是初萝第一次见到林英这样。

悲恸之情，几乎要从身上满溢出来。

眼泪砸到地上，一时之间，竟然分不出究竟来自于谁。

初萝茫然失措地伸出手，抱住了林英。停滞许久，她才呜咽着小声问道："到底发生了什么啊……"

急救灯让时间维度显得冗长又逼仄。

夜越来越深，林英早已经哭得精疲力尽，喉咙沙哑，坐在长椅上，一句话都说不出来。

初萝握着她的手，表情怔怔。

刚刚，江叔叔已经把前因后果告诉了她。

到你的太阳里

江炽和初萝分别后，从徐医生那边打车去机场。

好巧不巧，许是因为天气太冷，出租车意外在半路上抛锚，怎么都动不了。

他不得已，只得下车重新叫车。

那边是一条单行道，来往车辆很少，APP上也一直没有人接单。江炽便沿着路一直往前走，打算走到下一个路口再试试。

红绿灯已经近在眼前，倏地，路边冲出来一个小男孩，追着他的皮球，直愣愣地跑到了马路中间。

一切如同命运一般滑稽。

北岱很小，江炽从来没有走过这条路。

这条路上很安静，路边监控显示，从他下车起，一直没有车经过。

直到这一刻。

直到这个小男孩跑出来。

一辆大卡车从背后疾驰而来，装载了整整一车的钢筋，却像是笃定这里不会有人，一直在超速驾驶中。

江炽甚至都没有来得及放下雪板，人已经飞快起步冲了出去，冲到了那个小男孩身边，将他抱起来往路边带。

"砰——"

伴随着尖锐刹车声，小男孩被丢到了地上。

清瘦少年却被卡车重重撞飞，如同树叶一般飞了出去。

身后，昂贵的雪板摔得粉碎。

这一幕，被监控记录下来，江叔叔和林英都没敢看第二遍。

············

"萝萝，别哭了。"说着，江叔叔望向急救室，像是陡然老了三十岁，"我们阿炽，一直是最勇敢的人。他可以挺过去的。"

初萝眼前一片模糊，摇摇头，早已经说不出话来。

是她的错。

是她害了江炽。

她是个扫把星，亲生母亲罗挽青死在自己眼前，江炽也被她害成这样。

如果……如果不是因为她生病住院……

如果江炽没有去看她，或者，如果江炽没有陪她一起吃饭，而是早点出发的话，一切都不会发生了。

她是不该有朋友。

所有人都不该靠近她。

她是罪魁祸首。

顷刻间，初萝被巨大的愧疚、后悔、绝望淹没，像是坠入了深海之中，看不见光，透不过气，几欲窒息。

撞的是她就好了。

为什么是她的阿炽呢？

初萝失魂落魄地想。

通宵抢救后，江炽保下命，被送入 ICU。

医生说，哪怕活着从 ICU 出来，很大概率也难再醒过来。

言下之意，就是基本变成了植物人。

闻言，林英当场就晕了过去。

江叔叔也是难掩悲伤，扶着妻子的身体，朝着医生微微颔首，哑着嗓子说："没关系，我们治。医生，麻烦您了，只要孩子还有一口气在，怎么样我们都会供着他的。"

江家有钱，哪怕卡车司机去坐牢都赔不出 ICU 的费用，他们也不可能放弃江炽。

医生叹了口气，摇摇头，转身离开。

一周后，江炽从 ICU 出来，转入特护病房。

他始终安安静静地合着眼，没有任何苏醒的迹象。

在这世上，意外随时都会降临。

但奇迹却是小概率事件，并不会经常发生。

所有人都度过了兵荒马乱的一个月。

在初萝的视角里，日子甚至是有些模糊不清的。一天一天，长长短短，错落不堪，完全感觉不到丝毫异样。

唯有医院雪白的墙壁和窗外的月光，像是亘古不变的符号，牢牢印刻在大脑深处。

当中，初柘和张阿姨都来过。

两人探望了江炽，想要把初萝接走回家。

但因为她无论如何都不肯离开江炽，初柘怕她精神状态太差，强行带走也会跟着倒下，只得给她付了医院床位费，安排好陪床的衣食住行后，就此作罢。

"萝萝，你要好好的啊。"

"你这样下去，阿炽知道的话，也要担心你了。"

"……"

对此，初萝实在不解，江炽身上插满了仪器，连翻身都需要别人帮忙，没有能够睁开眼睛的力气，还怎么会有精神来担心她呢？

如果江炽真的担心她、担心林英、担心江叔叔、担心他的老教练，是不是早就该醒来了呢？

他为什么还是躺在床上？

睡着有那么舒服吗？

冬奥会的选拔都结束了，之前，他还说要给她拿奖牌回来的，难道是想偷懒了吗？

…………

四季昼夜如常交替。

冬日极寒过后，又开始反弹似的升温，重新回到春天。

而后，再进夏、入秋，重新回到冬天，循环往复。

像是做了一场大梦。

自从初萝第一次陷入长时间深眠，再到江炽出车祸，她一直没有再回到学校。

初柘不想违背她的意愿，也担心她贸然回去后，课业难以跟上，早早就给她办理好了休学。打算等一切尘埃落定之后，再重新从高二开始读。

…………

次年冬天。

北岱市下了一场暴雪。

出乎所有人意料，这几周，江炽的情况突然有所好转。江叔叔去国外请来几名专家，给他做了个综合会诊，林英跟着一起去听他们讨论。

顿时，病房里只剩下初萝一个人，还有躺在病床上失去知觉的少年。

监护仪"嘀嘀"作响，声音平缓，间隔很有节奏感。

一如往常，无甚变化。

空气显得宁静又恬淡。

初萝坐在靠背椅上，没穿鞋，脚踩着椅子，手臂抱住双膝，默默地望着江炽，一动也不动，活似一尊雕像。

她比去年更加怕冷。

哪怕房间里开着暖气，温度宜人，对她来说，还是有点难熬。

因而，不得不穿着两件毛衣，把自己裹起来。

静默良久，初萝回过神来，下巴抵住膝盖，小声喃喃："阿炽……你什么时候才醒呀……都睡那么久了。"

　　时间以"年"作为单位计算，显得弥足漫长。

　　再下去，她就要忘记江炽的声音了。

　　只可惜，话音落下，还是无人回应。

　　初萝轻轻叹了口气，揉了揉发僵的脖子，扭过头。

　　窗外，正下着鹅毛大雪，且丝毫不见停下的征兆。

　　因为室内外温差巨大，玻璃上覆着厚厚一层雾气，只能依稀窥见外面的一点点雪光。

　　初萝蹙起眉，身体微微哆嗦了一下。

　　顿了顿，她伸出手指。

　　指腹触到玻璃，冰冰凉凉的，也顺势在雾气上落下一个小圈。

　　初萝想了一会儿，慢吞吞地在玻璃上写写画画起来。

　　好冷

　　阿炽快醒醒

　　新年快乐

　　…………

　　初萝讨厌阿炽

　　写完最后一句，初萝停在原地。

　　半晌，她凑上去，将"讨厌"擦掉，再对着那块玻璃呵了几口气。然后，她又在原位，用力地重新划了两个字。

喜欢

初萝喜欢阿炽

做完这一切，初萝放下手，把脸埋进掌心，忍不住地低声抽噎。

单薄的肩膀微微颤抖。

记忆时钟也重新开始摆动。

短短瞬息间，她脑中闪过无数个画面。

两个孩子第一次见面；江炽带她去滑雪；江炽把零食分享给她；两人一起上下学、一起玩、一起长大、一起拍照⋯⋯雪板、星星罐、作业本、黑糖话梅、奖牌，还有各种各样的东西。

一帧一帧，一幕一幕，充盈了她过去十年的生命，从来未曾忘却。

江炽就是她生命中不能舍弃的、最最最重要组成部分。

这一点，从来都毫无疑问。

另一边，倏忽间，监护仪突然发出了异样的声音。

"嘀——"

"嘀——"

声音节奏开始变化。

初萝如梦初醒，连眼泪都没顾得上擦干净，立马抬起头，从椅子上跳下来。

"阿炽？阿炽？"

她扑到病床边，伸出手，想触碰，却又不敢碰到江炽的身体，生怕会影响他，只好赶紧按响了呼叫铃。

不过半分钟，七八个白大褂便一起冲进来，团团将病床围住。

初萝被挤到一边，懵懵懂懂地看着人群中央，听着他们语速飞快地交谈，说一些听不懂的词汇。

阿炽……要死了吗？

想到这个可能性，她不由自主地捂住了心脏的位置，用力咬住下唇，试图摆脱可怖的心悸感觉。

不多时，林英和江叔叔也回到了病房。

两人的表情看起来都有点奇怪，坐立难安的，像是被巨大的惊喜淹没，反倒不知所措起来。

初萝终于从魂不守舍的状态里，回过神来。

她小心翼翼地挪到林英身边，嘴唇翕动："林阿姨，阿炽他怎么了……"

闻言，林英用力搂住了她的肩膀，声音颤抖着说："医生说，阿炽、阿炽可能要醒了。"

"……"

满身血液仿佛重新开始流动，在血管里，发出簌簌的声响。

胸腔也随之发出轰鸣。

初萝一脸怔忡，看着病床方向，说不出话来。

很快，主治医生做出诊断："病人已经有了基本的神经反应，只是昏睡太久，各处肌肉都有萎缩的情况，所以一时半会儿没法控制自己睁眼，大约今晚或者明天就能清醒过来。家属可以和他说说话，刺激一下脑神经。"

很快，他又接着补充道："植物人醒来的情况不多，虽然算不上医学奇迹，但也很难。恭喜你们了。"

这医生和他们已经很熟悉，连带着说话也随意亲和。

林阿姨红着眼睛反复道谢。

江叔叔在追问注意事项。

初萝不知道该说什么场面话，便偷偷回到病床边。

停顿数秒，她轻轻钩着江炽的小拇指，小声说："阿炽阿炽，你已经能听到我们说话了吗……我好想你。"

次日清早，江炽终于如同医生预料那般幽幽转醒。

初萝走进病房，猝不及防，对上了一双温柔的桃花眼。

四目相对间，纸杯脱手，"哒"的一声，掉到地上。

眸光仿佛穿越了时间与空间的维度，从另一个时空，悄然重逢。

江炽还没法说话，只有嘴唇动了动。

看口型很熟悉，是"萝萝"两个字。

初萝眼角噙了泪，顿了一下，用力点头："……阿炽，我在。"

窗外，雪早就停了。

远处的云杉树，在玻璃上投射出一片阴影，轮廓不甚清晰的模样。

春暖花开时节。

江炽奇迹般开始恢复。

他在病床上躺了太久，虽然一直有请人帮忙做全身按摩，肌肉并没有如普通植物人那般萎缩，但到底不复从前，还是得每天做复健，才能逐渐开始正常生活。

不过，江炽并不想待在医院。

身体基本机能恢复后，林英便领着他出院回家。

复健也在家中完成。

江家条件很好，江叔叔给江炽请了专业运动复健医师，只需要每个月定期去医院的康复中心复诊就好。

另一方面，江炽能醒来，本就算是奇迹。如果之后能重新下地走路，已经是奇迹中的奇迹。这代表，他基本已经无缘单板滑雪这项运动。

少年人不过年仅十八岁，不可能颓丧度日，荒废一生。

因而，江炽想参加今年六月的高考。哪怕不用运动员特招，也能按照正常高中生的进度，按部就班地去上大学。

此时，距离高考只剩没几个月。

时间紧迫，还是得请家教到家里来，恶补落下的教学进度。

毫无悬念，初萝自然也跟着一起。

初萝本就比江炽基础差多了，再加上整个高二高三都没有去过学校，贸贸然参加高考，估计只会惨败。

但她已经下定决心，一定要和江炽一起毕业，一起去上大学。

所以，她也要争分夺秒地开始努力。

两家住上下楼，离得近，干脆共用家庭教师。

等老师下课之后，两个人还能一起写写作业、互相帮着背单词背课文。

悄然间，生活重新踏上正轨。

如同这个寻常的春季。

转眼，时间进入六月。

高考近在眼前。

北岱是个很适合高考的地方，因为人少，算不上高考大省，分数线会比邻省都略低一些。而且，这里的六月不冷不热，温度适宜，学生不用顶着酷热考试。

但，初萝却一年比一年更畏寒。

今年是到六月份，还得穿着毛衣才能出门。

身体检查做了一大堆，徐医生也说不出所以然，只能归结为心理诱因。加上她马上就要高考，也没时间去北京协和做个专项诊断，便先搁置下来。

临考前最后一天，初柘领着初萝上楼，去和江家一起吃晚饭。

说起来，勉强算是"考前动员会"。

这一两个月里，初柘几乎每天都回家，但来得一直很晚，只待在一楼，悄无声息的，似乎生怕打扰初萝复习。

期间，初萝问了一次"张阿姨呢"。

在初柘不解的目光中，她哑然，没有继续追问下去。

整个高中三年，发生了太多事。加上初萝先昏迷、又哭闹着要去照顾江炽，整个人一直处于浑浑噩噩状态，记忆出现一点点混乱，很正常。

父女俩相当默契，打定决心，对过往闭口不谈，只有一搭没一搭地聊复习和高考。

初夏，月夜清澈。

两人沿着户外楼梯上楼。

开门的是林英。

"萝萝来了啊！快进来快进来……"她一如既往的热情，推着初萝，让初萝先去里面书房找江炽，"你们俩先聊一会儿，晚饭马上好。"

江炽出院后，初萝天天都来，心里已经不会再尴尬。

闻言，她便点点头，熟门熟路地摸去书房，自觉主动地推开房门。

江炽坐在轮椅上，听到声响，转过身来，看向初萝。

他笑了笑，肤白貌美，桃花眼勾人，温声喊她："萝萝。"顿了一下，又顺手丢了一颗糖给她。

初萝翻过来看一眼，果然是那个熟悉的黑红包装，黑糖话梅。

　　她将糖揣进口袋，推着江炽往外走。

　　经过一段时间复健，江炽已经能站起来走几步。只是脚踝还没有完全愈合好，肌肉组织也要重新拉开，要完全行动如常，还需要时间。怎么也得到高考之后，再继续系统复健。

　　餐厅里，两个爸爸已经坐在餐桌边，桌上摆满了菜。

　　林英端着汤锅，从厨房走出来。

　　"来，开饭了。"她放下汤锅，朝初萝和江炽招招手。

　　五个人在桌边落座。

　　初柘率先开口："阿炽，萝萝，你俩明天要考试，今天吃得注意一点，别吃太多，也别太油腻了，到考场上拉肚子。"

　　初萝没说话。

　　江炽笑着应了个"好"。

　　初柘先客套地朝林英寒暄几句，又表达了感谢，这才重新将话题拉回两个孩子身上："……萝萝也别太有压力了，考得好最好，考得不好的话，爸爸也会想办法送你去国外的。肯定不会让你没学上。"

　　林英乐了，嗔怪道："哪有还没考就先给孩子漏气的，你这人真是。"

　　初柘也意识到这个话不太合时宜，有点讪讪："我是怕萝萝落下了太多，匆匆忙忙的，压力太大。哎，我对萝萝也没什么要求，健健康康就好了。"

江叔叔说："上个月我找两个孩子的辅导老师问过，萝萝现在这个成绩，上个本科没什么问题的。"

事实上，初萝素来成绩马马虎虎，在班上就是中游，不好不坏的。

相比之下，江炽就堪称天之骄子、天赋过人，什么事都能完成得很好。哪怕在校上文化课的时间很短，他也一直是班级里数一数二的成绩。

辅导老师系统讲一遍，他已经能理解得七七八八，剩下就是巩固练习。到五月份，去做高考模拟卷，已经能稳稳上到去年一本线。

平时，初萝跟着一起补课，江炽也会帮着拎重点、讲解题思路、督促她背单词背课文之类。

初萝一心想和江炽一起去上大学，动力满满，比高一在校那会儿努力许多，进步也十分显著。

她没问过江炽想去什么学校，不过，多半是要去北京的。到时候，她就选一个也在北京的学校，差一点也没关系。两人还能在一起上学。

林英也是这个想法。

她似乎完全忘了自己说过的话，只是说："萝萝和阿炽填一个地方的学校吧，到时候你们俩在那边还能互相照顾。我们也好放心一点。"

北岱是小城市，没有什么好大学，两人必然是要离开本地的。

对此，江炽没有说好，也没有说不好，只是笑笑："考完才填志愿。换个话题吧，别让萝萝太紧张，今晚要睡不着了。"

"对对对，说点别的吧。"

"暑假你们俩想去哪里玩？"

"……"

餐桌上依旧热闹。

初萝已经吃得差不多了，放下筷子，悄悄用余光打量起江炽。

少年熟悉的眉眼，已经看了十数年。

青梅竹马四个字的含义，镌刻在血液里，铸成每一道缱绻弧线，缠绕着、勾连着，将所有陌生情愫沉甸甸地压在心房底部。

初萝打了个寒噤，不自觉地缩了缩脖子。

如同心灵感应，江炽侧过头，轻轻地望向她。

她忙不迭地收回视线，不敢和他对视。

至少……至少应该是考完试，才能做些什么。

只是，不知道江炽是怎么想的呢。

他只是把她当成亲妹妹吗？

他只是可怜她吗？

如果坦白，是不是连青梅竹马的好朋友都没得做了？

再仔细想想，江炽本来就是一个温柔的人，似乎对谁都是这样，脾气好、有礼貌，也会照顾人。两人相处时，也不见他对自己有多少特殊。

"……"

初萝抿了抿唇，有点泄气，也想退缩。

迟疑许久，她垂下眼，将口袋里那颗黑糖话梅拿出来，拆开包装，放入口中。

顷刻间，酸甜味在口腔里弥漫开来。

或许，喜欢一个人的感觉，就像在嚼一颗黑糖话梅。

先是甜，咬着咬着，嘴里心里都开始发酸。

第五章 / 梦里花

「这世上除了聚散离合，就再也没有别的了。」

——蒙哥马利《绿山墙的安妮》

01

兵荒马乱的两天过去，高考正式结束。

与之一起结束的，还有这届高三生漫长的十数年苦读生涯。

初萝和江炽不在同一个考点。

不过，一会儿回家总归能见到。

倒是安妮，自从江炽醒来之后，初萝没能再联系上她，无论是问候还是道歉，消息全数石沉大海。

可能安妮是在责怪她那么长时间没找她，休学也没有和她说。

初萝想当面和安妮好好解释一下。

毕竟，安妮是她"唯二"的朋友了。

但她这几个月都没回过学校，也就只有领准考证时回去一次，安妮刚好没在教室里，没看到人。她便一直没能找到机会。

现下，安妮会不会也在这个考场呢？

初萝站在阳光下，站在湍急人流里，站在无数张年轻面孔间，抿着唇，焦急地四处张望着，试图搜寻到那张熟悉的面孔。

考生熙熙攘攘，三三两两地从她身边经过。

各种声音也跟着穿过鼓膜，传入耳中，又很快消散。

"这次文综还蛮难的。"

"时间来不及，历史大作文我都瞎写了……"

"上午的英语也难啊，阅读理解讲什么 AI 和科技的，都是陌生词汇。看不懂。"

…………

初萝站在考点门口，一直到人群散尽，也没能找到安妮，只能怏怏作罢。

想了想，她又从书包里摸出手机，开始打字。

初萝：安安，终于考完啦！你怎么样？还顺利吗？

没回复。

初萝：你后面有没有空呀，要不要来我家玩？

等了又等，依旧没回复。

她颓然地叹了口气，感觉有点冷，缩了缩脖子，发出最后

一条微信消息：那我们毕业典礼见吧。真的对不起，拜托你不要再生气啦QAQ

　　夏日，北岱和南方一样，草木葳蕤。

　　但落日时分，残阳如血，给万物都镀上了一层朦胧的光晕，竟然也平白显出几分凄清意味。

　　回到家时，初柘还没下班。

　　初萝放下东西，习惯性地上楼去找江炽。

　　她人很瘦，伶仃孱弱，脚步也轻，像生了翅膀的蝴蝶，悄无声息地就到了上叠门口。

　　江炽家没有关门，只是半掩着。

　　冷气从门缝里钻出来，簌簌作响，引起一阵战栗。

　　初萝怕冷，打了个寒战，将手缩进袖口。

　　她顿了顿，尚未来得及推门进去，复又听到里面传来陌生的声音。

　　"……谢谢阿姨，真的不用客气啦。改天我再来探望阿炽。"女生的声音很明亮。

　　初萝踟蹰几秒，猝不及防，便与拉开门的陌生女生对上视线。她怔怔松半秒，动了动嘴唇，有点木讷："啊……"

　　女生倒是很快反应过来，语笑晏晏地开口："是初萝吧，你好呀。我之前在学校见过你。我也是北岱一中的，比你们高两届，算是你和江炽的学姐。"

初萝："……"

学姐？

学姐怎么会在这里？

初萝愣了许久，表情有点不知所措。

直到这个学姐离开后，她被林英拉进江家客厅，才听林英说了来龙去脉。

"……说是考了新闻系，这两年不是冬奥嘛，一直跟着在跑雪上运动的新闻之类的。之前……阿炽没受伤的时候，也在滑雪基地见过几次，所以今天特地来给阿炽加油的。我看两人好像还蛮熟的，萝萝你没见过她吗？"

初萝摇摇头。

林英笑了一声，声音压低，和初萝说悄悄话："刚她推了阿炽出去转了一圈，我猜是给阿炽表白去了。"

她语气有些促狭。

"……"

高考结束这种狂欢时刻，尘埃落定，少男少女互相表明心迹，于开明的父母而言，似乎也是值得津津乐道的浪漫。

林英和江叔叔一向奉行自由教育，并不会干涉太多、非要对江炽指手画脚。

在初萝的印象中，林英唯有一次主动同江炽说过什么，就是在这里，这个家里。

她站在客厅中央，听到林英暗示江炽，要把她当成亲妹妹一样，而不是发展成别的什么关系。

为此，在很长一段时间，初萝和江炽、和江家，都保持着尴尬的关系，不复少时那般亲密。

哪怕是上下层的邻居，共用一扇大门，也尽可能将来往减少到最低。

当时，初萝心里皱巴巴的，藏不住委屈和难受。

现在呢？

现在该怎么办？

江炽他……答应学姐了吗？

林英没看出初萝的心不在焉，随便聊了几句，拎上包，准备出门去买烤鸭。

本来，两家说好一起出去吃个饭，庆祝两个孩子高考顺利结束。但商量了一下，又怕到时候出结果不是很好，弄得两人负担太重，干脆把聚餐时间放到出分数之后。

考得好，自然要办谢师宴。

考砸了也没关系，就当暑假前的家庭聚餐。

当中这几天，江炽要继续去复健，初萝可以自己安排，或是休息，或是和同学朋友出去玩。

"咔！"

关门声在玄关处响起。

整个屋子安静下来，陡然陷入一片死寂，再没一点人气。

初萝双手抱着一杯温水，目光频频望向江炽房间的方向，无意识地摩挲着玻璃杯壁，整个人如坐针毡。

她不住地思索着，江炽到底是怎么回答刚刚那个学姐的？

渐渐地，暮色隐入天际。

日落西山，天色将晚。

在某一瞬间，初萝终于下定决心。

她不能再这样踌躇不前了。

江炽好不容易醒过来，他好不容易才回到她身边，不管怎么样，至少……至少应该将自己的心里话告诉他。

如果去年，江炽死在那场车祸里，她甚至都不会有机会再开口。

这本来就是奇迹，是偷来的，更应该珍惜。

要不然，连上帝都会怪她不争气吧，会觉得她暴殄天物吧？

万顷勇气涌遍全身。

初萝猛地站起来，放下水杯，连鞋都顾不上换，踩着拖鞋，"噔噔噔"地跑下楼去。

一分钟后，她手里拿着一只星星瓶，气喘吁吁地回到江炽家客厅。

刚好，江炽从卧室出来。

两人猝不及防地对上了目光。

江炽见到她，眼睛里漾出一抹笑意，语气一如既往的温和：

"萝萝？从哪里过来的，怎么跑这么急？"

顿了顿，他又说："还没来得及问你考得怎么样呢。今天还顺利吗？"

这会儿在家，江炽没有坐轮椅，只右手拿了拐杖借力。

他已经换了家居服，纯棉的浅咖色短T，整个人看上去俊俏却柔软，气质也显得温润如玉，像小说里走出来的一样，不似凡人。

初萝还在大喘气，脸颊涨得通红，撑着墙，说不出话来，只能先摆摆手，再点点头。

两人从小一同长大，默契十足。

简单两个动作，江炽已经能体会到她的意思。

"那就好。"他点头，"你先坐着休息一下，应该快要吃晚饭了。"

初萝是家里人，并不是需要特别关照的客人。

说完，江炽便继续往厨房走去。

下一秒，初萝却已经风一样跑到他身边。

气流将江炽的衣摆微微带起，宛如猎猎作响的军旗，吹起夏日的号角。

在江炽有些愕然的表情中，初萝将手中的星星瓶塞到他的怀里。

"阿炽，送给你。"她低声说。

江炽顿了顿，垂眸，又确认一次："给我的？"

初萝点头："嗯。毕业快乐。"

这是份迟到了很多年的礼物。

从小学毕业，到高中毕业，经过了漫长的光阴岁月，四季更迭。

现在，它被重新加工，赋予了新的意义。

初萝抿了抿唇，搅着手指，无措不安地看着江炽。

生怕他没发现其中的秘密。

又害怕他发现了，却无情拒绝。

江炽却像是与初萝心有灵犀似的，只是迟疑数秒，便在餐桌边拉了张椅子坐下，拐杖放到一边，长指抵在瓶口，将她的星星瓶打开。

"萝萝，现在就可以看吗？"他问。

初萝的脸比刚刚更红，仿佛马上就要燃烧起来。

她没说话，低垂着眸，用力地点点头。

前方，江炽轻声笑了笑，先在餐桌上的果盘里抓了一颗黑糖话梅，递给初萝，示意她随意一点，别傻站着。接着，他才从瓶子里面摸了几颗折纸星星出来。

最上层那几颗，是之前他折给初萝的，接口全是拿胶水粘上的，还有胶水痕迹残留，一眼就能辨认出来。

现在，粘住的地方全部被人小心翼翼地揭开了。应该是重新折过一遍。

他的桃花眼微微眯起。

江炽拆开了那颗折纸星星。

见状，初萝不由得屏住呼吸，指甲已经掐进手掌心，依旧毫无知觉。

她无暇感知疼痛，全身心都关注着江炽的一举一动。

江炽将那张长长的纸条拉开。

折痕里面，写了四个字"我喜欢你"。

少年脸上的笑意骤然加深。

他看向初萝，喊她："萝萝……"

初萝害羞地侧过脸，潜意识里又有点不想落入下风，试图嘴硬："你知道就行了……反正、反正，反正喜欢你的人很多，你……我也不是一定要……"越往后，越是磕磕绊绊，到底是露了怯。

她十分懊恼。

应该再准备得更充分一点的。

要不是听说今天有学姐给江炽表白，她也不会脑袋一热，什么都没想，什么都没有酝酿，就这么泄了底。

而且，她还穿得那么随便。

初萝眼圈发烫，败下阵来，讷讷："……算了，阿炽，你就当没有听……"

"好啊。"江炽蓦地截断她的未尽之言。

初萝愣了一下："好什么？"

江炽还是笑，抬手，轻轻拍了拍她的头发。

"谈恋爱吧，萝萝。"

"……"

心脏里装满了蝴蝶。

此刻，它们振翅高飞。

高考结束后，一连好几天，初萝都有种尚在梦游的感觉。

多年夙愿成真。

但她还没有顺利习惯两人之间身份的改变。

一直联系不上安妮，初萝连个可以说悄悄话商量的人都没有，想法只能全数闷在心里，一点一点发酵，再盛开。

如果要用一个词语来描述，大抵就是"心花怒放"。

每天晚上，她望着窗外的月光，还有远处的云杉树影，忍不住用被子盖住脑袋，不受控制地牵起唇角。

太高兴了。

高兴得不知道该怎么办才好。

初萝有多喜欢江炽，从她赤着脚跑进医院的那一刻起，晚风吹起的裙摆，已经足够论证。

他们是青梅竹马，一起长大。从豆丁点儿大，一直相伴到亭亭玉立。

他也是她唯一的、最好的朋友。

对于小初萝来说，江炽就是她的太阳。自始至终，从未改变过。

等高考成绩出来，两人势必会填报同一个地方的大学。哪怕上不了一个学校，应该也不会离得太远，每个周末都能见面，感情不会被距离冲淡。顺利毕业之后，再一起找工作、一起去更好的前程。

从少时相伴，到此生不离。

初萝想着想着，都觉得自己马上就会笑出声来。

江炽在复健中心住了好些天。

关系确认后，初萝反倒觉得不好意思，没跟着，只通过微信和他说话，有一搭没一搭的，隔着网络都生出些许羞怯，不复往日那般自然。

不过，江炽却恍若未觉，与她分享好消息。

江炽：医生说马上可以去拐了。

初萝一愣，当即被巨大喜悦淹没，也顾不上前后蹦跶，从床上坐起来，飞快地打字：现在已经可以正常走路了吗？

江炽：嗯。

江炽：所以，萝萝暑假想不想出去玩？

…………

到出分数前一天，江炽从复健中心回到家，两人总算能见上面。

听到汽车声，初萝便迫不及待地冲出家门。

"吱呀"一声响，外面的大铁门被拉开。

初萝穿着白色长袖薄绒卫衣，像只小兔子一样，嘴角带着兴奋笑意，蹦向江叔叔的车边。

林英第一个从副驾驶下来，见到初萝，眼睛微微眯起，当即笑了。

"萝萝来了呀。阿炽，快下车，萝萝在等你。"

接着，江炽从后座下车。

初萝没顾得上说话，迫不及待地开始打量他。

微信里，江炽说已经可以去拐行动。

但不知道是不是因为小心谨慎，防止二次损伤，这回，他还是从后座里拿了拐杖下来，不过，只扶了一边借力。加上步伐轻快，动作看起来比之前敏捷不少。

几天没见面，初萝的目光好像黏在他身上一样，怎么都拉不开。

转眼，对方已经走到她面前。

江炽个头高，比初萝高不少，微微低头，居高临下地看她，下颌线条流畅精致。

顿了顿，他空着的那只手抬起来，轻轻摸了摸她的脑袋，温声开口："萝萝。"

初萝终于意识到了什么，脸颊"噌"一下烧起来，嘴唇翕动两下，又撒娇似的努了努，很轻很轻地应一声："啊。"

"先进去说吧。"语毕，江炽拉过她的手腕，扣在自己手掌中，带着她往家中走。

初萝怕冷，穿那么多，手腕还是冰冰凉。但江炽的掌心温度却有些高，像火炉一样。

一冷一热，互相触碰，陡然升起奇妙的化学效应。如同往可乐里扔了一块曼妥思，血液里的气泡"咕噜咕噜"地往上冒，直至弥漫到四肢百骸，引起通身战栗。

猝不及防地，初萝怔愣在原地，整个人僵成了冰块，一动不能动。

江炽手上用了点力，才将她拉动，跟跄着往前几步。

他扭头问她："怎么了？"

初萝不自在地缩缩手，觑了觑林英和江叔叔，小声嗫嚅："那、那个……"

要就这么在家长面前公开吗？

太直接了吧。

想到林英曾经对江炽的敲打，初萝知道对方并不想看到两人在一起。

她心里惴惴不安，自然而然地生出一丝患得患失之情，像是回到了童年那段可怖的血色记忆里。

神明随时随地会夺走她的一切。

就像夺走罗挽青一样。

思及此，初萝抿唇讷讷，不再继续说话，只眼神又小心翼翼地看向林英。

哪料想，林英见到两人牵手，竟然也没有丝毫不悦，脸上依旧带着笑意，笑中甚至还透出些许欣慰来。

初萝怔忪不已。

江炽似乎有读心术，见状，莞尔一笑："他们知道的，我已经告诉他们了。"

"啊……"

这么突然！

初萝吓了一跳，仰头瞪了江炽一眼，只是眼里水光潋滟的，没什么杀伤力。

阳光下，江炽清隽的脸上，有一种模糊且虚妄的精致感，一点瑕疵和缺点都找不出来，也触不可及，仿佛本该不属于这个世界。

他说："要不然，怎么才能带你出去玩呢？"

少年人的语气有点宠溺，说不上是对初萝这个新晋女朋友，还是一起长大的青梅竹马小姑娘。

身后，江叔叔已经不见踪影，应该是去停车了。

林英走到两人身边，笑着点点头："等你俩明天查完分数，还要商量着报志愿的事情。之后我会跟老初说的，录取通知书下来，就让你们解放，去自由活动，刚好可以趁着暑假各处逛逛……或者想出国的话，阿炽，你过两天带萝萝先去办一下签证，别忘了啊。"

林英总是这样，因为从小就心疼初萝，把她当作自己的孩子，样样细节都能关照到。

这样确实很符合林英往日的模样。

但初萝依旧觉得古怪，迟迟回不过神来。

恰好，正此时，远方传来音乐声，若有似无的，好像离得很远。听不清旋律，便越发显得神神秘秘，引得人不由得想要一探究竟。

"……萝萝？萝萝？这姑娘，怎么突然傻愣愣的样子啊？"

刹那间，肩膀上微微落下重量。初萝被唤回了注意力，抬头望过去。

江炽已经将拐杖靠墙放下，一只手捏着她手腕，另一只手则是压在她肩上，眉色里暗含担忧："萝萝，怎么了？今天看起来没精打采。手上这么凉，是不是身体不舒服？"

四目相对。

她在他的眼睛里，伶仃瘦弱，手足无措。

但是，江炽并不介意。他就是一个很温柔的人，像太阳一样，陪伴她，温暖她，包容她的怯懦与无助。

初萝忍不住扪心自问，现在，青梅竹马终于走到一起，所有人都祝福他们。这合该就是最好的结局……不是吗？

自己到底在迟疑什么？

翌日，高考成绩公布。

江炽没有运动员加分，但裸分也保持在意外前的水平，班级第一，年级前列。

他们不是高考大省，省内竞争算不上很激烈。一中又是全市第一的名校，这个排名进省内985高校妥妥当当。选个档次稍低的211大学，多半还能进王牌专业。

相比之下，初萝就算得上超常发挥了。

没休学前，她一直在班级中游，没想到经过几个月特训之后，这回竟然一跃考进班级前二十。如果江炽打算去首都的话，她也能报个不错的二本院校。

两人商量了一下，各自将志愿表填报完成。

基本都是首都的院校，互相之间离得不太远，方便平时见面。

毕业典礼之后，谢师宴也被提上日程。

这个夏天，似乎是个充满了希望的夏天。

除了消失不见的好友安妮。

初萝挽着江炽的胳膊，穿着薄款毛衣，顶着暑假烈日，和他一同穿梭在北岱的大街小巷，漫无目的地闲逛。

"……真的，太奇怪啦！你说她为什么转学都不告诉我一声呀？是不是还在生我的气？以后她还会联系我吗？"她嘟嘟囔囔地抱怨，嘴巴翘得老高，满脸写着不解。

毕业典礼那天，初萝没找到安妮的身影，特地去班主任那里看了名册，竟然没找到安妮的名字。甚至，微信被拉黑，连手机也成了空号。

　　安妮人间蒸发了。

　　这件事，她始终无法释怀，但也无计可施。

　　江炽听过好几次，却并不嫌烦。他想了想，依旧试图安抚："会不会是出了什么意外呢？"

　　初萝叹口气："你这样说，我反而更担心了。"

　　"你没有去过她家吗？要不要我陪你去她家问问？"

　　"没去过，她平时是住校的，周末有的时候也不回去。"

　　"班主任那边呢？"

　　"他说不知道。"

　　线索就此中断。

　　江炽默默将这件事记下来。怕初萝继续不高兴，他的眼神划过货架，从上面拿了一顶白色毛线帽，戴在她头上，帮她转移注意力。

　　初萝果然被吸引，对着镜子照了一会儿，仰头问他："阿炽，这个好看吗？"

　　江炽笑一声："好看才拿给你。"

　　初萝皮肤白，脸又巴掌小，大眼睛，尖下巴，殷红的唇，戴上毛线帽，视线集中到脸上，衬得五官更加可爱精致。

江炽盯着她端详片刻，替她理了理帽子外的发丝，牵着她去付账。

"阿炽要送我吗？"

"嗯，去北海道玩的时候可以戴。"

两人和家中商量了一下，打算谢师宴之后去北海道玩，当作毕业旅行。

因为江炽以前去那边的滑雪场训练过，算是熟门熟路。由他带着初萝出去，也没什么好不放心的。

签证前几天已经下来。

机票也买好了。

现在开始准备行李的话，很合理。

闻言，初萝便心满意足地笑起来，脸颊微红，摸了摸头顶："夏天戴毛线帽，人家会不会觉得我很奇怪？北海道很冷吗？"

江炽深深地看她一眼，攥紧了她的手指。

"……冷的。"他平静地回答。

02

七月中下旬，北岱进入盛夏时节。

但毕竟是北方边陲城市，哪怕是夏天，也不比南方那么炎热，气候宜人。

周四一早，初萝和江炽双双前往日本北海道，如期开始小情侣间的第一次旅行。

两人是青梅竹马，除了身份改变而导致的心态变化，其余都如同往常一样。相处中，省了磨合期，免去字斟句酌的表面功夫时间，也不会有什么局促不自在。

他们行程时间确定得太迟，没买到直达航班，要先到大阪再转机。

至下午，飞机才在新千岁机场降落。

落地，海风混合着银白雪山的冰凉气息，猝不及防地迎面扑来。

初萝在毛衣外还穿了牛仔外套，但依旧觉得冷，条件反射地缩了缩脖子，嘟嘴："好冷啊。"

幸好，她提前在背包里放了围巾和毛线帽。

背包正由江炽背着。

闻言，他将包转到身前，从内层里摸出一条红色围巾，小心仔细地给初萝围上，调整了一下，将她裸露在外的脖子挡得密不透风。

接着，他又把两人逛街时买的毛线帽也拿出来，撑开，套到她头上。

初萝眼神倏地闪了闪，蹙眉，低声喃喃："这条围巾……"

江炽不解："嗯？怎么了吗？"

初萝只是突然想起来，安妮也有一条一模一样的红色围巾。

高一时两人一起去滑冰那次，安妮围了她那条，惹得她一直侧目。

没想到这次居然随手拿来了自己这一条。

红色太过鲜艳刺目。

仿佛某种预兆。

初萝不想让旅行的气氛变得低落，最终什么都没有说，只是笑着摇了摇头，转而说起其他话题："这里能看到富士山吗？"

江炽一只手拖着29寸行李箱，一只手牵着初萝，带着她往外走，顺便告诉她答案："不能。这里距离富士山还很远。"

初萝有点惋惜："啊……"

江炽笑起来，轻轻摩挲她的指腹，与她五指相扣："到静冈就能看到了。"

因为有林英和初柘的赞助，还有两人的压岁钱红包垫底，他们俩不缺钱。

再加上暑假时间也充沛，旅行计划拉得很长，有两周还多，足够初萝玩遍大部分知名景点。

"哦，哦，那也好呀。"

初萝点点头，表示了解。

实际上，她压根什么都没了解，只打算跟着江炽走。

旅游攻略是江炽一个人做的，前期问她意见，她全都是"好好好"，摆明了要"夫唱妇随"，依靠自己的全能男友。

当然，江炽也不介意。

两人相偎相依，从背后看过去，纤瘦的两道影子缠绕在一起，像云杉树的树枝，魑魅魍魉，在光线里不甘寂寞地肆意生长。

幸好，异国他乡，一切都是陌生的，连周遭风景也变得虚幻。

前路惶惶，初萝眼中只看得到江炽。

所以，她才更加用力地握住他的手。

顿了顿，她又试探性地问："要不要一起拍张照留念一下？我记得我们小时候一起拍过很多照片。"

大多是林英给两个小朋友拍的。

只不过，后来，初萝为了避嫌，也因为自尊心受挫，渐渐疏远了他们。再加上江炽要去训练，她要上学，像孩子一样一起出去玩的次数少了，也没有什么拍照留念的机会。

那些照片，现在还好好地被初萝收藏在相册里。她还拿出来给安妮看过，炫耀似的。

终于，他们可以一起创造更多回忆了。

时间有断层也没关系，未来更值得期待。

说完，初萝抿起唇，眼睛亮亮的，看向江炽时，瞳孔里像是坠了银河。

江炽答应得很爽快，脚步也随之停下。

初萝摸出手机，打开自拍模式，又将手机举高，正对着自己这边。

两人头凑得很近，亲密无间的姿势，以机场和更远处的山脉、天际线作为背景，一起合了几张照。

天气爽朗。

气氛刚好。

初萝头上戴着江炽送给她的那顶毛线帽，微微浅笑，喜悦之情，像是马上就要从镜头里溢出来一样。

江炽亦然。

画面就此定格。美好得叫人觉得恍然如梦。

初萝和江炽的第一站目的地是札幌。

这是江炽习惯性的安排。

在他还没有出车祸前，每年都会有一段时间到札幌来滑雪。

但现在，纵然他能健步如飞，也没有办法再踩上雪板。再加上札幌还没到雪季，就更显得没什么意思。

站在滑雪场外，江炽没有露出什么特别的表情，看起来似乎并不惋惜，也不难受，十分淡漠从容的样子。

他只是拉着初萝，温声问她："要不要去泡温泉？"

夏日海风中，少年的掌心始终温热，但也并不黏腻，清清爽爽的。

皮肤互相触碰时，热气似乎能渡到对方身上，再融进血液里，传遍全身。

初萝的指尖却是微微一颤。

这世上，没人比她更清楚，江炽有多热爱单板滑雪。是那种摔得满身是伤，也无法放弃的爱好。

就像初萝自己，从冰面上离开后，郁郁寡欢了很多年。

如果不是非常喜欢，谁会选择去当专业运动员呢。

到此时此景，又怎么可能无动于衷。

因而，怕戳中他伤心事，初萝没有丝毫迟疑，下一秒，便笑着重重点了下头："好呀！"

两人当即转道去温泉。

这里的温泉分很多池，根据介绍，每个池有不同的功效，且都是天然泉眼。

初萝看不懂日文，随便选了一个温泉池，同江炽挥挥手，撩开标着"女士"的蓝色布帘，独自走进去。

池子里热气蒸腾，宛如幻境。

下水待了没一会儿，寒气被驱散，四肢百骸都开始簌簌往外冒着热意。

初萝合上眼，惬意地吸了口气。

大半个小时后，初萝才回到房间，和江炽会合。

酒店赠送的清酒和拉面都已经送到。

此刻，江炽穿着浴袍，坐在小桌边，手里拿了酒盅，慢条斯理地抿了一口。

初萝站在门边，偷偷地观察他的动作。

　　江炽素来身形清瘦，却并不瘦弱。或许因为在病床上躺了太久，短时间无法恢复到当初做运动员时候的力量感，但依旧是好看的。

　　就像个翩翩少年，行走在校园里，风偷偷将他的衣摆吹起，鼓出温柔的弧度，然后笑一下，就足以吸引所有女孩子的注意力。

　　现在，这个好看的少年抬眼，朝她招招手："萝萝？傻站着干什么，过来坐。"

　　初萝便没有理由地笑起来。

　　"来了。"

　　少年独属她一人。

　　从札幌离开后，两人去小樽住了几天。

　　日本遍地都是神社，江炽和初萝对此都没什么兴趣，不过，闲逛时刚好路过，便也随大流进了神社去看看。

　　这个神社不大，里面游人也寥寥。

　　大门口不远处建了一排墙，上面密密麻麻挂满了小木牌。

　　初萝走过去看了几眼，发现那些木牌上有各国文字，也有中文，大部分写着愿望和祝福，像是某类祈愿牌。

　　她拿手机搜了一下，百度说这叫"绘马"，供奉在神社里，是日本民众祈愿的一种形式。

　　全程，江炽一直默不作声地站在初萝身后。

　　等她收起手机转过身时，才发现他早已经买好了"绘马"，拎在手上，似乎随时打算递给她。

初萝愣了一下，没去接那块小木牌，只是抓着江炽的衣袖，轻轻摇几下，眯着眼笑："给我买的？"

江炽捏了捏她脸颊，随口逗她："这里还有其他人在吗？"

初萝："说不定是你想自己写呢。"

江炽："我没什么愿望。"

说着，他将小木牌拿给初萝，又顺手在她掌心塞了一颗黑糖话梅。

初萝心里有点发酸，想说什么，但又不知道该如何开口，只觉得自责。

如果没有那场车祸，江炽合该有很多很多的愿望。比如奥运会拿金牌，比如什么什么国际大赛上拿金牌，或者破纪录之类，一块木牌都写不完。

可是，这一切，全部终结在那个冬天。

终结在他决定来医院探望自己的那一刻。

虽然大家都说，能醒过来已经是奇迹了，但人终归免不了贪心。

江炽应该站在雪板上，应该永远意气风发。

每当初萝脑海中浮现这个想法，她就忍不住开始责怪自己、怨怼自己。

她是这一切的始作俑者。

这个事实永远无法改变。

江炽："……萝萝？你怎么了？"

初萝回过神来，转过身，避开江炽探寻的视线："没事，我在想愿望呢。阿炽，我要写了，你不许偷看啊。"

江炽笑起来，点头："好。"

但初萝还是有点不放心，朝他摆摆手，支使他："你帮我去那边买几个御守吧。我看网上很多人都买。多买几个，还要送给林阿姨江叔叔他们呢。"

江炽还是爽快应下："那我买完在那边等你。"接着，便转身走开。

霎时间，周围只剩下初萝一个人。

连风好像都变得寂静下来，不再聆听她心底的悄悄话。

她咬了咬唇，在"绘马"上一笔一画，写下了自己唯一的愿望：

阿炽长命百岁。

…………

夏天，日本各处在举办花火大会。

初萝和江炽一起去看过富士山，最后一站到东京。他们的回程机票要从东京起飞。

时间刚好，赶上东京一年一度最大的花火大会。

两人提前买了票，按照晚间市集开始的时间入场。

夕阳将天空染成橙红色，现场已经人头攒动。

两人都没有换和服浴衣，仍穿着自己的衣服。

江炽是黑色短袖搭三条杠运动裤，脚踩一双板鞋。他出门时刚洗过头，头发还没有完全吹干，刘海耷拉下来，落到眉弓，衬得唇红齿白，眉眼精致——满身都是清新松软的少年气息。

初萝比之前更加怕冷，到日本之后意识到带的衣服不够厚实，在北海道那边又买了一件大衣，全程戴着帽子围巾，全副武装。毛线帽和围巾都是粗棒针的，越发显得脸比巴掌还小。

她走在江炽旁边，两人的着装仿佛来自两个季节。

到花火大会，这种格格不入的感觉更甚。

初萝搓了搓手臂，总觉得路过的人都忍不住在瞟自己，她干脆躲到江炽身后，试图让江炽把她挡住，不让人看到她的着装。

江炽一眼就能看穿她的目的，有点啼笑皆非："萝萝，没关系的。"

初萝嘟嘟嘴，轻轻哼了一声，小声抱怨："你总是去参加比赛，肯定已经习惯被人关注了。我不行嘛，感觉好奇怪。"语气撒娇似的，叫人听了心软。

江炽笑一声，把她从身后拉过来，揽在自己怀中，还顺手理了理她的围巾。

他个子高，手臂虚虚压在初萝的肩上，像搂着个大号洋娃娃，也拦住许多好奇视线。

"好了，这下没人看了。"

初萝目光四下转了一圈，长长地松了口气。

江炽低头，声音不急不缓："徐医生怎么说的？"

问题没头没脑，但顷刻间，初萝便知道他想问什么。

她了解他，和他了解她的程度，从来都是一模一样的。

这就是时间的力量。

她思忖半秒，故作轻松地答道："全身检查做了好几次，都没什么问题。可能就是体寒吧。老天暗示我该往温暖的地方去啦。"

首都也在北方，但到底纬度低，比北岱可温暖得多。

闻言，江炽笑一下，捏捏她的脸颊，声音里难掩担心："我们萝萝要真这么大大咧咧就好了。"

初萝不乐意了，反问他："你是觉得我很敏感吗？阿炽，我给你造成压力了吗？"

"当然没有。"顿了顿，江炽停下脚步，从旁边摊位上买了一盒章鱼烧给她，低声补充，"我只是担心你。"

就像初萝被迫离开冰场时那样。

她可怜兮兮，差点一蹶不振。

江炽对初萝的担忧，也和她对江炽的担心均等。怕她难受，怕她郁郁寡欢，却做不了什么，只能小心翼翼地安抚，或是偷偷让林英多做几次她爱吃的菜，希望她能变得开心一点。

两人之间的关系，如同交错的藤蔓，无论阳光雨露，无论狂风暴雨，悉数都能感同身受。

听江炽这么说，初萝错愕一瞬，乍然间，心跳失衡，脸颊也不自觉漾出绯色。

眼波流转间，天色已经悄然黑透。

第一朵烟花升腾而起，在半空中炸开。

霎时间，夜空变得绚烂。

周围人群骚动起来。有人往前，似乎打算要奔向最佳观赏点。也有人原地驻足，仰头凝视这刹那的艳丽。

很快，一朵又一朵的烟花从远处升起。

"哇——"

不远处，小孩子们发出了稚嫩的赞叹声。

初萝一手端着章鱼烧的纸盒，人靠在江炽怀里，抬着头，眼神直勾勾地望着天空，无比专注。

据说，这次花火大会有很多创新。

除了活动形式上比较多样，烟花技术也有新研发，色彩、造型、停留持久度之类，样样都值得一看，能值回票价。

初萝欣赏了一会儿，觉得果真不错。

和动漫里的场景一模一样，盛大又浪漫。

但是，于她而言，再美的烟花，都没有那年过年，江炽给她放的好看。

她有点害羞，但还是想将这种心情分享给江炽。

"阿炽，你还记得……应该是高一吧，高一那年大年夜，你说等我一起跨年，要放烟花。"

"嗯？"江炽低头看她。

初萝顿了顿："那天我跟你说，我不想待在张阿姨家，然后半夜你来接我走的。后来我还挨了骂呢。张阿姨她……"

张阿姨……对啊，张阿姨呢？

她整个人猛地怔住，一下子收了声。

倏忽间，脑海里闪过一个又一个画面，像电影胶片一样。有陌生的，也有熟悉的。

因为数量过大，脑袋开始发胀。

"……萝萝？萝萝？你怎么了？"

江炽明明近在咫尺，声音却好似从远方传来，穿过亘古轮回，变得琐碎、虚妄又模糊。

初萝眉头蹙得很紧很紧，空着的那只手用力捂住了头。

烟花秀还在继续。

"嘭——"

"嘭——"

"咻——"

"……"

但两人都无暇关注。

江炽侧过身，用力握住了初萝的肩膀，语气焦急："萝萝？萝萝？等一下，我们马上就去医院。"

初萝感觉到肩膀被捏疼，对方力气太大，箍得她骨头疼。

半晌，她总算从头疼中清醒过来。

她勉强挣了挣，声音有点虚弱："阿炽……我没事。你弄疼我了。"

江炽猝然松开手，急急追问："你哪里不舒服？要不要叫救护车？"

这里不是主路，救护车开不进来。

江炽想了一下："算了，我先背你出去。"

初萝已经恢复得差不多，见江炽要转身背她，连忙喝止："阿炽！不用！我没事啦！不用去医院的，就是刚刚突然一下有点头晕，现在已经好了。"

"头晕？"

"嗯，估计是昨晚逛街逛得太晚，身体太兴奋，没睡好。"

江炽定定地看着她，似乎不太相信。

初萝不想小题大做，只好叉了一个章鱼烧塞进嘴里，试图给自己找借口："……好啦，主要是我刚刚在回想一点以前的事情，然后脑子有点乱。你知道的嘛，小时候我经常会这样，不是什么大事。"

说完，她朝着江炽莞尔一笑，接着开口道："阿炽，你别担心啦，我们退回上一个话题。"

但上一个话题也是他在担心自己。

被喜欢的人关心这种事情，很容易变成隐秘的喜悦。

初萝缩了缩脖子，下巴半截埋进围巾里，笑意不减。

"阿炽。"

"……嗯。"

"只是怕冷而已。你别担心。"

果然是直接回到了上一个话题。

这小姑娘。

江炽叹了口气。

初萝："阿炽，其实你有太阳就可以啦。以后，我分享你的夏天。"

这句话，她因为在咀嚼，说得有点含糊，也不确定江炽听没听清。

不过，下一秒，江炽已然低下头，很轻很轻地在少女一鼓一鼓的脸颊上，落下了一个轻如羽毛的吻。

"好。"

他郑重地点头。

…………

烟花散尽，余烬在夜色里蜿蜒、消散，直至湮灭。

花火转瞬即逝。

但少年人的爱意生生不息。

03

毕业旅行结束。

初萝和江炽一同返回北岱。

录取通知书早已经寄到家中，两人的都被林英收着。

因为早在网上看过录取结果，激动过一次，便也不会再有什么波澜。

初萝特地买了一份首都地图，将两所学校圈出来，开始在地图 APP 上搜索往返方式，规划未来。

听说首都很堵，出租车起步费也贵，地铁应该是最快捷的。

而且，地铁只要转一次，单程三十五分钟，加上两头步行，基本是不用一个小时就能到。

对北岱这种小城市来说，一个小时路程几乎能横跨大半个市，但对首都而言，已经算很近了。

初萝笑了笑，将路线仔细记好，接着，穿上外套，"噔噔噔"地跑上楼，去找江炽。

"阿炽！阿炽！"

林英没在家，江炽拉开房门，放初萝进来："萝萝，午饭吃了吗？"

初萝点头，眼睛笑眯眯的，语速很快："吃了！我是想来问你，你们学校的通知书上说几号报到啊？你看了吗？"

江炽："9 月 3 号。"

初萝："啊……那我比你早哎。我们8月27号就要报到了。我们还能一起去首都吗？"

说话的工夫，她的嘴角已经不自觉地垂下来，像是有点忧虑。

江炽习惯性地摸了摸她的头发，笑着问："萝萝这么想和我一起去啊。"

"……当然啊。"初萝无语，瞥他一眼，反问，"你不想和我一起走吗？"

江炽："怎么会。我开玩笑的。当然是一起过去，提前几天走又没什么。"

闻言，初萝当即多云转晴，心满意足地抱住了他的手臂。

"阿炽对我最好了！"

这样算起来，暑假已经不剩多少。

细数初萝还想和江炽一起做的事，时间陡然变得紧张起来，必须争分夺秒才行。

所以，她没有迟疑太久，提出建议："今天下午你有别的事情吗？要不要一起去看电影？"

江炽不明所以："怎么突然想到看电影了？最近有什么大片上映吗？"

初萝摇摇头，指尖按着江炽的手臂，在他皮肤上留下浅浅一个又一个坑，像是好玩，又像是在无意识地撒娇。

她小声说："我们从来没有一起去看过电影啊。"

江炽实在太忙了，忙着训练，忙着比赛，一年到头在北岱的时间都不太多。

况且，自从听到林英的话之后，她一直表现得很讨厌江炽，刻意冷淡，刻意疏离，刻意避嫌，更加没有机会能和他一起去电影院看电影、去 KTV 唱歌、去哪里哪里玩。

这件事，好像已经成了初萝心中的意难平之一。

"人家约会都会去看电影的嘛……"

"好，知道了，等我换个衣服，我们就去看电影。"江炽爽快答应。

霎时间，初萝便又笑了起来。

面对江炽时，她似乎总是很好哄的。

毕竟是青梅竹马走过来的情侣嘛。

夏日午后，北岱艳阳高照。

刚好是暑假，学生党都闲了下来。哪怕是工作日，电影院依旧热闹。

初萝和江炽没什么感兴趣的热门片，两人商量了一下，也不想等，干脆选了个开场时间最近的老电影，《致命 ID》。

大抵是因为老电影，这个场次人不太多，和外面的热闹呈相反状态。

提前五分钟进场，观影厅里也不过十来个观众，稀稀落落地分散在角落，各自为政。

不过，这并不有损初萝的兴奋之情。

她一只手被江炽牵着，十指紧扣，另一只手捏着电影票，看了好几眼。她又凑过头去，小声与江炽咬耳朵："阿炽，我看过这个电影的。"

江炽"嗯"一声，顺着她的话反问："在网上看的？"

初萝点头："嗯。和安妮一起。"

"那要不要换一部？"

"不用啦，我依稀记得蛮好看的，再看一次也行。反正我都快把剧情忘得差不多了。"

"好，听你的。"

说话的工夫，观影厅倏地熄了灯。

周围悉数暗下来，唯有大银幕亮着。

如此，越发显得细微动静清晰可闻。

初萝似乎能听到江炽的呼吸声和心跳声，但又若有似无的，比更远处观众的小声私语还微弱。这叫她有些坐立难安。

很快，电影剧情开始发展，所有人的注意力也顺利被吸走。

观影厅开了空调，哪怕初萝穿得很厚实，坐到电影后半段，依旧开始瑟瑟发抖，她整个人靠进江炽的怀中，妄图从他身上汲取一些热量。

走出影院，她还是有点浑浑噩噩。

江炽总是担忧："萝萝，不舒服吗？"

初萝摇摇头，人站到阳光底下，感觉重新活了过来，头晕目眩的症状也削减许多。

"……还好啦。没事的。"

闻言，江炽低声叹口气，安抚般摩挲了几下她的手背："想吃火锅吗？可以暖暖。"

"想！"

"那走吧。"

两人手牵手，转道去隔壁商场找火锅店。

没人聊起电影内容。

像是某种默契。

初萝度过了十八年人生里，最快乐的一个暑假。

没有昏睡不醒，也没有孤独无助。

心情就像是电视剧里那些描述老式童年的模样，躺在凉席上，摇着蒲扇，电视机"吱吱呀呀"地演奏。风从窗外吹进来，日光灯晃晃悠悠，但身边坐着喜欢的人，就觉得平静安详，不显燥热。

这种安定，只是幻想中的场景，但画中人的心境却大差不差。

因而，初萝不吝与江炽分享自己的快乐。

"所有夏天里，我最喜欢这个夏天。"

江炽正在看足球，闻言，伸手，摸了摸她的头发："萝萝乖。"

这是他最近的口头禅，没什么特殊意思，大抵只是表达自己在听。

初萝不以为意，叹了口气，兀自继续说："但是马上就要开学了，有点麻烦。"

江炽："麻烦什么？"

初萝："说不清，就是……"

她卡了壳，抿唇。

潜意识里，初萝并不想打破现状，就想这样一直下去。好像接着往前走，前面会有什么可怕的事情在等待似的。

思及此，她骤然缩了缩脖子，不敢继续深思。

江炽手指下移，轻轻点了点她的鼻子："别想这么多了。你行李收拾好了吗？"

两人是后天去首都的机票。

林英和江叔叔也送他们一起过去。

因为初柘有工作要忙，去不了，只能把初萝也顺便托付给他们。

毕竟要离家一学期，国庆不一定能回家，东西肯定要准备齐全，总得提前一点开始理行李，最后再查漏补缺。

初萝嘟了嘟嘴："箱子就用我们去日本那个，衣服之类的，我今天晚上去弄嘛，来得及。"

"要不要帮忙？"

"算了，男女有别，让你叠我的衣服，多不好意思呀。"

闻言，江炽低低地笑了一声："又不是没叠过。我还帮你洗过头呢，你忘了吗？"

"当然记得。"初萝笑，"我们真是一起度过了好多时间啊。"

回忆厚重，宛如历历在目。

若是细细追溯起来，说上三天三夜也说不完。

江炽硬生生从她的语气里听出一点可怜意味，只觉得心疼，便用力抱了抱她，开口："说定了。"

"……啊？说定什么？"

"晚上我去帮你，可以快一点收拾好，也免得你丢三落四。"

这么说着，时间一眨眼从指缝溜走。

窗外，月上柳梢。

初萝和江炽在江家吃过晚饭，一前一后地下楼。

初柘不在家，家里没人，叠拼的一二层都是黑漆漆一片。凄凉的月光映到窗户玻璃上，灰扑扑的，显得破败又陈旧。

初萝拿钥匙开门，把江炽的拖鞋找出来，放到他面前，再领着他去二楼自己的卧室。

一路走，顺手把一路顶灯全数打开。

光亮驱散尘埃与黑暗，只余角落阴影。

行李箱就摊在卧室地上。

初萝这个卧室，自从她长大一些之后，江炽就几乎没有进来过，并不熟稔。

此刻，他依然还是站在门边，并没有自说自话地踏入，绅士又礼貌。

初萝拉开衣柜，把厚外套一股脑儿抱出来，扔在旁边的单人沙发上，然后指挥江炽："阿炽，这些衣服帮我塞进箱子，麻烦你啦。

江炽点点头，踩着长毛地毯，缓缓踏入房间。

他身形颀长，存在感又强，顿时，卧室无端变得有些逼仄起来。

初萝终于迟钝地感受到一丝羞怯，很刻意地清清嗓子，开口："放点歌吧，要不然好像有点无聊。"

江炽蹲在行李箱旁边，青葱似的长指落在她那堆厚重的衣服上，闻言，头也没抬："好。"

初萝跨过去，用电脑打开音乐播放器，开始随机播放。

下一秒，音乐从音响里缓缓流淌开来。

她抿了抿唇，深吸一口气。

没再打扰江炽，自己也开始翻柜子，整理起要带走的行李。

恰好，相册从最上层掉出来，"啪嗒"一声，落到地上。应该是上回给安妮看过之后，没仔细收好，随便一放，就放在柜子口了。

初萝将相册捡起来，靠着墙面，随手翻了两下。

里面依旧是一些青梅竹马的合照，没什么新鲜的。

她低低笑了一声，喊旁边那个少年的名字："阿炽。"

"嗯？"

“你什么时候开始喜欢我的呀？”以前好像从来没发现。

“……”

江炽沉默一倏，并没有立刻回答。

但初萝似乎没有注意到他的沉默。陡然间，她的注意力被柜子最底下那个铁盒吸引走了。

这个盒子……如果没记错的话，之前，她不记得是哪里来的，也没能打开密码锁，只能重新放回最底层。

但这一回，初萝弯下腰，将盒子端出来。密码锁没动，只是用指腹轻轻一顶卡口，盒盖竟然轻而易举地被她打开了。

“哒！”

盒子里面，也是一沓照片。

初萝的心脏开始胡乱狂跳起来。

如同宿命的指引，她伸手，将那沓照片拿起来。

第一张就是废片。

整张图灰蒙蒙的，像是镜头失焦，除了中心有一个白色光圈，什么都看不清。

初萝咬着唇，小心翼翼地翻到照片后面。

反面写了好几行字。

毫无疑问，是她自己的笔迹。

只是，凌乱得又有些异常。

“……等到我愿意承认，我是真的很喜欢他的时候，我才发现，我的喜欢，早已经过期了。"

初萝蹙着眉，一字一顿，小声将那几句话读出来。而后，她讷讷地问着："……这是什么意思？"

不知道什么时候，江炽已经把初萝的外套全数叠好，整整齐齐地放进了大号行李箱中。

他也从蹲着，变成了站在门边，目光则是一直定定地看着初萝。

在初萝问出这句话后，江炽的眸色变得黯淡又寂静。

窗外，月光透过玻璃，洒在他身上，好似给他镀上了一层悲天悯人的禅意。

"萝萝……"

说不上什么原因，初萝感觉通身发冷，整个人都冷得颤抖，唯有眼圈发烫。

她翻开第二张照片。

我最后一次见到他，他被装在一个小盒子里。

他再也不会对我笑了。

一想到这个事实，就好像太阳不再光临我的地球，从此，银河系重新回到天昏地暗的洪荒。

然后是第三张。

难过不仅仅是失去江炽的这一秒，而是自此以后没有他的每一秒。

初萝不自觉喃喃："阿炽……"

她手上的动作不停，继续翻照片。

再往前，照片就不是失焦的废片，而是更早期的一些童年照。

画面主角有江炽，有初萝自己，还有一些纯粹的景物和物品照。

每张照片后面全都有批注。

今天艺术节，我们班出了话剧《绿山墙的安妮》。阿炽反串安妮，衣服好可爱。

这是小学艺术节的照片。

但是初萝没能出演任何一个角色，只在台下看着林英给小江炽拍照。

今天生病了。阿炽说我差点从楼顶跳下去，还好他过来把我叫醒。但是我一点印象都没有了，只好先去徐医生那里住几天，免得大家担心。

这是小江炽拽着她衣服的照片，表情看着有点紧张。

…………

后面还有很多张。几乎贯彻了初萝十八年的人生。

——和冰鞋说再见了。

——徐医生说家里不能放刀具和危险物品。爸爸把所有的刀都收起来了。以后只能带皮吃苹果了QAQ。

——又做梦了。梦到妈妈了。

…………

满室寂静。唯有电脑还在孜孜不倦地辛勤工作。

音响里，男声正在唱着舒缓的民谣小调：

…………

我们总这样重复分离

却要重新开始

相互送别对方

说着来世再见

再次失忆着相聚

…………

不要哭我最亲爱的人

我最好的玩伴

时空是个圆圈

直行或是转弯

我们最终都会相见

月光中，云杉树影清晰可见。

但不远处，江炽的身影却若隐若现，越来越模糊，像是逐渐变得透明。

初萝的回忆如同倒带的录影，一帧一帧开始重现。

先是江炽的葬礼。

车祸后，他从来不曾醒来。

在医院躺了一年，救治无效，在七十天前，宣告脑死亡。

再往前，是江炽去医院看她，意气风发地同她说："萝萝，你要快点好起来，到时候来冬奥会看我！"

画面回闪。

接着，林英满脸泪痕，恨恨地看着她："……都是你！你为什么刚好在那几天胃出血？如果不是特地去看你，阿炽根本不会走那条路……我不要我的阿炽那么勇敢那么善良，去救什么孩子，我只要他活着而已啊！"

初萝被这一切打倒了。

不，准确来说，从罗挽青在浴缸里自杀之后，她从来不曾被治愈过。因为精神状态差，她总是胡言乱语，臆想一些没有发生过的事情，初柘带她去看了医生，诊断为轻度解离症。

通俗来讲，就是大众认知上的精神分裂症。

所以，当时，初柘才会毫不犹豫、硬着头皮，带着小初萝搬家。

也是因为医生说做一些运动会对精神状态好，他才麻烦林英领着她和江炽一起去滑雪的。

没有朋友，同学也害怕她，都是因为这个病。

只有江炽。

从来只有江炽。

在江炽的陪伴下，初萝一天一天转好，渐渐地，也不再反复发生解离情况，能像一个普通的小女孩一样长大。

江炽车祸前，她根本没有昏睡，也没有解离，只是因为吃坏了肚子，轻度胃出血，才住进了医院，调养几天。

一切都是因为她。

江炽去世后，初萝再次受到了无法治愈的精神打击，又重新回到了目睹罗挽青自杀时的状态。

在江炽离开的这七十天里，她分裂出了无数个世界，似梦却真。

在一个个世界里，初萝反复承认自己爱上了江炽，反复寻找江炽也喜欢她的证据，再无数次杀死那些已经完成使命的"自己"。

她是想要好好继续生活下去的。

可是，已经没有人会在她醒来的时候，笑着摸摸她的脑袋，说："我们萝萝又做噩梦了。"

再也没有下一个江炽了。

连安妮，也只是那个解离世界中，江炽的替代品。

她的世界里的太阳，从来只有江炽。

可是，江炽的脸已经消失不见，连那个熟悉的卧室，也逐渐在眼前消散。

这一刻，初萝终于从解离状态里清醒，回到了现实世界。

一周前，她偷偷去探望了林英。

江炽离开后，林英和江叔叔的状态都很差。孩子的离世，对父母来说，注定是无法治愈的伤痛。

初萝不敢出现在他们面前，只是躲在初柘身后。

此生或许是最后一次相见。

对林英和江叔叔，她还有很多很多的愧疚，没有办法偿还。

但是已经没办法了。

没人比她自己更清楚，这具孱弱的身体，连续不断浸入了十多年的药物，已然无法回头地走向枯竭，药石无医。

一个小时前，初萝走到了最熟悉的那个冰场，坐在冰面上。

然后，她终于成功解离出最美好的一个世界。

一切都那么好，那么符合她的想象。

在这个世界里，她有朋友，很勇敢，在星星里写了"我喜欢你"，所以度过了很好很好的十八岁。初柘找到了新妻子，江炽考上了好大学。所有人都会有很好的未来。

现在梦醒了。

应该也是结束的时候。

初萝低低叹了口气，往后一躺，整个人仰躺在冰面上。

今生也辛苦了。

唯独可惜的是，现实中，因为她的怯懦和自卑，因为她的退缩，她再没机会告诉江炽，自己喜欢他了。

抑或是，最终的最终，还是自己治愈了自己的人生，哪怕只是在分裂出来的世界里。

冰面很冷。

远方，遥遥地，可以窥见云杉树的影子。

今天离开医院时，初萝戴了一条红色的围巾。现在，她半个下巴陷在围巾里。她永远沉睡在她最爱的冰面上，像一朵纯白的茉莉花，凋谢在最美的一刻。

初萝终于可以去到他的太阳里了。

不能让江炽等太久。

这好像就是宿命的注定。

天气很好，是一个难得的、没有下雪的北岱。

太阳光照下，冰面会泛出光，落入眼眶，就像一道昳丽画卷。

远处传来轻快的歌声："所以说永远多长永远短暂，永远有遗憾……"

她静静地合上眼，脸上挂着笑。

"在这个世界上，最喜欢阿炽了。"

"初萝想永远和阿炽在一起。"

冬天已经快要过去了。

但明年会再来。

四季更迭，就像是绵长岁月赐予世界的永恒。

而初萝和江炽的永远，从她奔赴太阳的这一刻起，开始了。

我与阿炽，死生相随。

番外 / 谁记得

「我努力爱着这个世界，希望世界回报给我同样的爱。」

——初萝

"滴答。"

"滴答。"

"滴答。"

吊瓶里的药水匀速下落，顺着输液管，一点一滴，进入江炽的身体。

因为动弹不得，也睁不开眼，其他感知器官反倒会变得比平日里更加敏锐。

除了吊针，还有心电监测仪发出平缓的"嘀嘀"声；空气里，微弱的气流感，裹挟着消毒药水的气息，四处游移；隔着单薄的门板，走廊里踢踢踏踏的脚步……

剩下的，就是落在他手背上的、发梢扫过皮肤的摩挲感，不容忽视。

紧接着，一只柔软的手，在他手臂上轻轻按揉起来，似乎是在为他按摩肌肉，防止肌肉萎缩。

这只手，有着世界上最温暖的触感，来自这世上最熟悉的人之一。

他们从幼时相识，而后，是长达数十年的相伴。互相之间的默契，几乎已经深入骨髓。

如果有一百个人站在一起，大抵两人也能立刻认出对方的背影。

现在，江炽几乎立刻能感觉到，初萝很难过，很悲伤。

他想轻轻笑一下，想如同往常一般安慰她，让她别伤心了。从小到大，初萝最爱哭，偏偏性格又要强，不愿意让别人同情她、用异样的眼神看待她，便总是把眼泪包在眼眶里，使劲儿不落下来，咬着牙，装出若无其事的模样。

熟悉她的人看了，立马就能发现。

他一直觉得小女孩有点可怜兮兮的，就越发想着多照顾她，尽量顺着她点才好。

这种感觉，在日积月累的岁月里，逐渐变成一种本能。

现下亦然。

但，无论怎么努力，他依旧无法控制自己的身体。

他就好像书里描述的那样，灵魂离开了身体，飘浮在半空中，看不见，摸不到，开不了口，只能颓然地用意识感受着四周的一切。

明明是属于自己的身体四肢，自己却再没有了支配的权利。

这种失控感，令人绝望。

江炽无可奈何，郁郁地败下阵来，只能任由初萝按着他的手臂，任由她的眼泪砸到自己皮肤上，再被柔软的指腹轻轻地抹去。

她的声音也很低，像是来自另一个时空。

"……阿炽，你到底什么时候才会醒来呀？"

刹那间，时间好像被一只无形的手，倒拨回了很久很久以前。

两人刚上初中的时候，初萝还没现在这么乖巧，也没有那么沉默少言。

记忆里，那会儿，她就像个普通的小孩子，活泼可爱，会撒娇，也会调皮耍赖。

至少，外表看起来没什么阴霾。

但大抵唯有江炽知道，她在学校的情况并不好，没有朋友，总是形单影只。

流言蜚语总是不受控制，并不会因为个人意志而消散。

江炽在校，就会和她一起行动，一起上学放学，体育课一起跑步打羽毛球，出双入对。哪怕受到异样的注目，也并不在意。

可是，他有训练，还有比赛。

当时初萝也是。

两人并不能完全对上时间，总免不了落单。

为此，江炽被林英念叨得多了，也习惯性地会时常担心初萝。怕她受欺负，也怕她受委屈，休息时间他就会给她发消息，难得空闲在家，哪怕身体再累，他也尽量不拒绝她的要求。

当然，江炽失约的时候也不少。

北岱开了一家射击体验馆，打出的招牌是真枪体验。初萝有点想试试，提前就跟他约好，想趁着寒假去玩一下。

因为是未成年，需要家长陪同签字，初柘肯定没空，必须拜托林英。

江炽不去，她有点不好意思麻烦林英开车走一趟。

刚好，江炽一个邀请赛结束，赶上过年，有大概十天假期，便爽快地答应下来。

谁曾想，他刚回到北岱，就觉得不太舒服，脑袋昏昏沉沉的，像是要生病了。

挨到第二天早上，还是开始发起烧来。

江炽是以运动员培养起来的，从小身体素质很好，极少极少生病。他也没告诉林英，自己喝了药，打算睡一会儿。

这一觉睡得昏天黑地。

迷迷糊糊间，江炽依稀听到了一个熟悉的声音："阿炽阿炽，怎么还没有醒呀？不是说好了今天下午去玩吗？我和林阿姨都已经准备好啦！就等你啦！不要睡懒觉！"语气兴高采烈，挺有感染力。

但他头痛欲裂，没力气应和初萝，只将她的手挥开，哑着嗓子开口："……明天再去。"

旁边一下子就消了声。

半晌，一只冰冰凉凉的手，落到他额头上，轻轻触了一下。

初萝声音脆生生的，银铃似的悦耳好听，如同清风拂过脸颊："阿炽，你发烧了！"

江炽："……"

初萝似乎只是下个结论，实际并不需要他回复，话音落下，自己就起身，"噔噔噔"地跑了出去。

没一会儿，初萝端着一杯温水回来，身后还跟着林英，拿来了温度枪和退烧药。

卧室里挤了三个人，好像霎时间就变得热闹起来。

不需要江炽给出什么反馈，林英忙前忙后，给他测体温、找被子。

初萝则是一行一行对好了说明书，这才掰了一颗药出来，塞进他嘴里。

“阿炽阿炽，喝水。”

说着，她似乎是要伸手拿水喂他的样子。

江炽已经被折腾得清醒了过来，见状，连忙自己坐起来："我自己喝。"

他可不敢让初萝喂他。

指不定她手一抖，那杯水全倒他床上了。

当然，如果角色互换，初萝恹恹地躺在床上，江炽多半是要全程照顾她的。

他是男孩子，力气大。

照顾最重要的妹妹，就是理所应当的事情。

更何况，他们俩之间，是比兄妹更加深刻的感情和羁绊。

是互相依存的关系。

…………

本来应该湮没在岁月中的往事，哪怕是细枝末节，回过头来，似乎依然历历在目。

江炽还记得当时初萝的每一个动作、每一个表情、每一个语气。

她撑着下巴，坐在床边，大眼睛瞪得圆圆的，一眨也不眨地看着他，嘴里还念念有词地嘟囔着："阿炽，你要快点好起来呀……"

未尽的话语，江炽不用思考，就能帮她补足。

——"我好寂寞啊。"

他的初萝，像一道孤单的影子，远远地坠在照不见阳光的阴影里。

那些过往与童年，没有人想要知道，没有人想要记得。

但是江炽知道，也一直记得。

直到现在，他甚至还清晰地记得，初萝写在某张照片后的一句话：

我努力爱着这个世界，希望世界回报给我同样的爱。

世界上最勇敢，也最了不起的初萝。

他的初萝。

此刻，她正在为自己哭泣。

她的人生，短短十八载，已经有太多波折，太多痛苦了，不应该再多、哪怕一点点的伤心了。哪怕始作俑者是自己。

充斥着消毒水味道的病房里，江炽强烈的意识执念牵动起了他的肢体。

初萝停下动作，难以置信地注视着他的手指。

下一秒，她噙着泪，按响了呼叫铃。

"医生！医生！他手指动了！我看到他手指动了！"

"……怎么会？他不是要醒了吗？之前从来没动过！"

"好吧……谢谢医生……"

原来，一切只是一场误会。

江炽还没有打算醒来。

送走医生之后，初萝合上病房门，重新坐回床边，用力地捂住了脸，喃喃道："对不起，阿炽，对不起，都是我害的你……"

…………

在江炽离世前几分钟，呼吸面罩下，他的嘴唇翕动了许久，口型是在重复地说着"没关系"。

江炽并不要她的道歉，也从来不曾责怪过她。

作为最重要的家人，无论发生什么，他唯愿初萝此生快乐无忧，从此以后，再无病痛，也再无别离。希望世界真的能回馈她许多的爱。

只是，心电监测仪正在发出尖锐的鸣叫声，使得周遭一切都开始手忙脚乱起来。

没有人看到江炽微弱颤动的唇瓣。

也再没有人能知道了。

- 完 -